銀河鉄道の夜

宮沢賢治

ハルキ文庫

角川春樹事務所

目次

銀河鉄道の夜

銀《ぎん》河《が》鉄《てつ》道《どう》の夜《よる》

一、午后《ごご》の授業

「ではみなさんは、そういうふうに川だといわれたり、乳《ちち》の流れたあとだといわれたりしていたこのぼんやりと白いものがほんとうは何かご承知ですか。」先生は、黒板《こくばん》に吊《つる》した大きな黒い星座の図の、上から下へ白くけぶった銀河帯《ぎんがたい》のようなところを指《さ》しながら、みんなに問いをかけました。

カムパネルラが手をあげました。それから四、五人手をあげました。ジョバンニも手をあげようとして、急いでそのままやめました。たしかにあれがみんな星だと、いつか雑誌《ざっし》で読んだのでしたが、このごろはジョバンニはまるで毎日教室でもねむく、本を読むひまも読む本もないので、なんだかどんなこともよくわからないという気持ちがするのでした。

ところが先生は早くもそれを見付けたのでした。

「ジョバンニさん。あなたはわかっているのでしょう。」

ジョバンニは勢《いきお》いよく立ちあがりましたが、立って見るともうはっきりとそれを答えることができないのでした。ザネリが前の席からふりかえって、ジョバンニを見てくすっとわらいました。ジョバンニはもうどぎまぎしてまっ赤になってしまいました。先生がまたいいました。

「大きな望遠鏡《ぼうえんきょう》で銀河をよっく調べると銀河はだいたい何でしょう。」

やっぱり星だとジョバンニは思いましたがこんどもすぐに答えることができませんでした。

先生はしばらく困ったようすでしたが、眼《め》をカムパネルラの方へ向けて、「ではカムパネルラさん。」と名指《なざ》しました。するとあんなに元気に手をあげたカムパネルラが、やはりもじもじ立ち上がったままやはり答えができませんでした。

先生は意外なようにしばらくじっとカムパネルラを見ていましたが、急いで「では。よし。」といいながら、自分で星図を指《さ》しました。

「このぼんやりと白い銀河を大きないい望遠鏡で見ますと、もうたくさんの小さな星に見えるのです。ジョバンニさんそうでしょう。」

ジョバンニはまっ赤になってうなずきました。けれどもいつかジョバンニの眼《め》のなかには涙がいっぱいになりました。そうだ僕《ぼく》は知っていたのだ、もちろんカムパネルラも知っている、それはいつかカムパネルラのお父さんの博士《はかせ》のうちでカムパネルラといっしょに読んだ雑誌《ざっし》のなかにあったのだ。それどこでなくカムパネルラは、その雑誌を読むと、すぐお父さんの書斎《しょさい》から巨《おお》きな本をもってきて、ぎんがというところをひろげ、まっ黒な頁《ページ》いっぱいに白い点々のある美しい写真を二人でいつまでも見たのでした。それをカムパネルラが忘れるはずもなかったのに、すぐに返事をしなかったのは、このごろぼくが、朝にも午后《ごご》にも仕事がつらく、学校に出てももうみんなともはきはき遊ばず、カムパネルラともあんまり物をいわないようになったので、カムパネルラがそれを知って気の毒がってわざと返事をしなかったのだ、そう考えるとたまらないほど、じぶんもカムパネルラもあわれなような気がするのでした。

先生はまたいいました。

「ですからもしもこの天《あま》の川《がわ》がほんとうに川だと考えるなら、その一つ一つの小さな星はみんなその川のそこの砂《すな》や砂利《じゃり》の粒《つぶ》にもあたるわけです。またこれを巨《おお》きな乳《ちち》の流れと考えるならもっと天の川とよく似ています。つまりその星はみな、乳のなかにまるで細《こま》かにうかんでいる脂油《あぶら》の球《たま》にもあたるのです。そんなら何がその川の水にあたるかといいますと、それは真空《しんくう》という光をある速さで伝えるもので、太陽や地球もやっぱりそのなかに浮かんでいるのです。つまりは私どもも天の川の水のなかに棲《す》んでいるわけです。そしてその天の川の水のなかから四方を見ると、ちょうど水が深いほど青く見えるように、天の川の底の深く遠いところほど星がたくさん集まって見えしたがって白くぼんやり見えるので先生は中にたくさん光る砂《すな》のつぶの入った大きな両面の凸《とつ》レンズを指《さ》しました。

「天の川の形はちょうどこんななのです。このいちいちの光るつぶがみんな私どもの太陽と同じようにじぶんで光っている星だと考えます。私どもの太陽がこのほぼ中ごろにあって地球がそのすぐ近くにあるとします。みなさんは夜にこのまん中に立ってこのレンズの中を見まわすとしてごらんなさい。こっちの方はレンズが薄《うす》いのでわずかの光る粒《つぶ》すなわち星しか見えないのでしょう。こっちやこっちの方はガラスが厚《あつ》いので、光る粒すなわち星がたくさん見えその遠いのはぼうっと白く見えるというこれがつまり今日《こんにち》の銀河の説なのです。そんならこのレンズの大きさがどれくらいあるかまたその中のさまざまの星についてはもう時間ですからこの次の理科の時間にお話しします。では今日《きょう》はその銀河のお祭りなのですからみなさんは外へでてよくそらをごらんなさい。ではここまでです。本やノートをおしまいなさい。」

そして教室じゅうはしばらく机の蓋《ふた》をあけたりしめたり本を重ねたりする音がいっぱいでしたがまもなくみんなはきちんと立って礼をすると教室を出ました。

二、活版所

ジョバンニが学校の門を出るとき、同じ組の七、八人は家へ帰らずカムパネルラをまん中にして校庭の隅《すみ》の桜《さくら》の木のところに集まっていました。それはこんやの星祭《ほしまつ》りに青いあかりをこしらえて川へ流す烏瓜《からすうり》＊1を取りに行く相談らしかったのです。

けれどもジョバンニは手を大きく振ってどしどし学校の門を出て来ました。すると町の家々ではこんやの銀河の祭りにいちいの葉の玉をつるしたりひのきの枝にあかりをつけたりいろいろ仕度《したく》をしているのでした。

家へは帰らずジョバンニが町を三つ曲がってある大きな活版処《かっぱんじょ》＊2にはいってすぐ入口の計算台にいただぶだぶの白いシャツを着た人におじぎをしてジョバンニは靴《くつ》をぬいで上がりますと、突き当たりの大きな扉《と》をあけました。中にはまだ昼なのに電灯がついてたくさんの輪転器《りんてんき》がばたりばたりとまわり、きれで頭をしばったりラムプシェード＊3をかけたりした人たちが、何か歌うように読んだり数えたりしながらたくさん働いておりました。

ジョバンニはすぐ入口から三番目の高い卓子《テーブル》に座った人の所へ行っておじぎをしました。

その人はしばらく棚《たな》をさがしてから、

「これだけ拾《ひろ》って行けるかね。」といいながら、一枚の紙切れを渡しました。ジョバンニはその人の卓子《テーブル》の足もとから一つの小さな平たい函《はこ》をとりだして向うの電灯のたくさんついた、たてかけてある壁《かべ》の隅《すみ》の所へしゃがみ込むと小さなピンセットでまるで粟粒《あわつぶ》ぐらいの活字《かつじ》を次から次と拾いはじめました。青い胸あてをした人がジョバンニのうしろを通りながら、

「よう、虫《むし》めがね君《くん》、お早《はよ》う。」といいますと、近くの四、五人の人たちが声もたてずこっちも向かずに冷《つめ》たくわらいました。

ジョバンニは何べんも眼《め》を拭《ぬぐ》いながら活字をだんだんひろいました。

六時がうってしばらくたったころ、ジョバンニは拾《ひろ》った活字をいっぱいに入れた平たい箱をもういちど手にもった紙きれと引き合わせてから、さっきの卓子《テーブル》の人へ持って来ました。その人は黙《だま》ってそれを受け取って微《かす》かにうなずきました。

ジョバンニはおじぎをすると扉《と》をあけてさっきの計算台のところに来ました。するとさっきの白服を着た人がやっぱりだまって小さな銀貨《ぎんか》を一つジョバンニに渡しました。ジョバンニはにわかに顔いろがよくなって威勢《いせい》よくおじぎをすると台の下に置いた鞄《かばん》をもっておもてへ飛びだしました。それから元気よく口笛《くちぶえ》を吹きながらパン屋へ寄ってパンの塊《かたまり》を一つと角砂糖《かくざとう》を一袋《ひとふくろ》買いますと一目散《いちもくさん》に走りだしました。

三、家

ジョバンニが勢《いきお》いよく帰って来たのは、ある裏町《うらまち》の小さな家でした。その三つならんだ入口の一番左側には空箱《あきばこ》に紫《むらさき》いろのケール*4やアスパラガスが植えてあって小さな二つの窓には日《ひ》覆《おお》いが下りたままになっていました。

「お母さん。いま帰ったよ。工合《ぐあい》悪くなかったの。」ジョバンニは靴《くつ》をぬぎながらいいました。

「ああ、ジョバンニ、お仕事がひどかったろう。今日《きょう》は涼《すず》しくてね。わたしはずうっと工《ぐ》合《あい》がいいよ。」

ジョバンニは玄関を上がって行きますとジョバンニのお母さんがすぐ入口の室《へや》に白い巾《きれ》を被《かぶ》って寝《やす》んでいたのでした。ジョバンニは窓をあけました。

「お母さん。今日は角砂《かくざ》糖《とう》を買ってきたよ。牛乳に入れてあげようと思って。」

「ああ、おまえさきにおあがり。あたしはまだほしくないんだから。」

「お母さん。姉さんはいつ帰ったの。」

「ああ三時ころ帰ったよ。みんなそこらをしてくれてね。」

「お母さんの牛乳は来ていないんだろうか。」

「来なかったろうかねえ。」

「ぼく行ってとってこよう。」

「あああたしはゆっくりでいいんだからお前さきにおあがり、姉さんがね、トマトで何かこしらえてそこへ置いて行ったよ。」

「ではぼくたべよう。」

ジョバンニは窓のところからトマトの皿をとってパンといっしょにしばらくむしゃむしゃたべました。

「ねえお母さん。ぼくお父さんはきっとまもなく帰ってくると思うよ。」

「あああたしもそう思う。けれどもおまえはどうしてそう思うの。」

「だって今朝《けさ》の新聞に今年は北の方の漁《りょう》は大へんよかったと書いてあったよ。」

「ああだけどねえ、お父さんは漁へ出ていないかもしれない。」

「きっと出ているよ。お父さんが監獄《かんごく》へ入るようなそんな悪いことをしたはずがないんだ。この前お父さんが持ってきて学校へ寄贈《きぞう》した巨《おお》きな蟹《かに》の甲《こう》らだのとなかいの角《つの》だの今だってみんな標本室《ひょうほんしつ》にあるんだ。六年生なんか授業のとき先生がかわるがわる教室へ持って行くよ。一昨年修学旅行で〔以下数文字分空白〕

「お父さんはこの次はおまえにラッコの上着をもってくるといったねえ。」

「みんながぼくにあうとそれをいうよ。ひやかすようにいうんだ。」

「おまえに悪口《わるくち》をいうの。」

「うん、けれどもカムパネルラなんか決していわない。カムパネルラはみんながそんなことをいうときは気《き》の毒《どく》そうにしているよ。」

「あの人はうちのお父さんとはちょうどおまえたちのように小さいときからのお友達だったそうだよ。」

「ああだからお父さんはぼくをつれてカムパネルラのうちへもつれて行ったよ。あのころはよかったなあ。ぼくは学校から帰る途中《とちゅう》たびたびカムパネルラのうちに寄った。カムパネルラのうちにはアルコールラムプで走る汽車があったんだ。レールを七つ組み合わせると円《まる》くなってそれに電柱《でんちゅう》や信号標《しんごうひょう》もついていて信号標のあかりは汽車が通るときだけ青くなるようになっていたんだ。いつかアルコールがなくなったとき石油をつかったら、罐《かま》がすっかり煤《すす》けたよ。」

「そうかねえ。」

「いまも毎朝新聞をまわしに行くよ。けれどもいつでも家じゅうまだしぃんとしているからな。」

「早いからねえ。」

「ザウエルという犬がいるよ。しっぽがまるで箒《ほうき》のようだ。ぼくが行くと鼻を鳴らしてついてくるよ。ずうっと町の角までついてくる。もっとついてくることもあるよ。今夜《こんや》はみんなで烏瓜《からすうり》のあかりを川へながしに行くんだって。きっと犬もついて行くよ。」

「そうだ。今晩《こんばん》は銀河のお祭りだねえ。」

「うん。ぼく牛乳をとりながら見てくるよ。」

「ああ行っておいで。川へははいらないでね。」

「ああぼく岸から見るだけなんだ。一時間で行ってくるよ。」

「もっと遊んでおいで。カムパネルラさんと一緒なら心配はないから。」

「ああきっと一緒だよ。お母さん、窓をしめておこうか。」

「ああ、どうか。もう涼《すず》しいからね」

ジョバンニは立って窓をしめお皿やパンの袋《ふくろ》を片付けると勢《いきお》いよく靴《くつ》をはいて「では一時間半で帰ってくるよ。」といいながら暗い戸口を出ました。

四、ケンタウル祭《さい》の夜

ジョバンニは、口笛《くちぶえ》を吹いているようなさびしい口付きで、檜《ひのき》のまっ黒にならんだ町の坂を下りて来たのでした。

坂の下に大きな一つの街灯が、青白く立派《りっぱ》に光って立っていました。ジョバンニが、どんどん電灯の方へ下りて行きますと、いままでばけもののように、長くぼんやり、うしろへ引いていたジョバンニの影《かげ》ぼうしは、だんだん濃《こ》く黒くはっきりなって、足をあげたり手を振ったり、ジョバンニの横の方へまわって来るのでした。

(ぼくは立派《りっぱ》な機関車《きかんしゃ》だ。ここは勾配《こうばい》だから速いぞ。ぼくはいまその電灯を通り越す。そうら、こんどはぼくの影法師《かげぼうし》はコムパスだ。あんなにくるっとまわって、前の方へ来た。)

とジョバンニが思いながら、大股《おおまた》にその街灯の下を通り過ぎたとき、いきなりひるまのザネリが、新しいえりの尖《とが》ったシャツを着て電灯の向こう側の暗い小路《こうじ》から出て来て、ひらっとジョバンニとすれちがいました。

「ザネリ、烏瓜《からすうり》ながしに行くの。」ジョバンニがまだそういってしまわないうちに、

「ジョバンニ、お父さんから、らっこの上着が来るよ。」その子が投げつけるようにうしろから叫《さけ》びました。

ジョバンニは、ばっと胸がつめたくなり、そこらじゅうきぃんと鳴るように思いました。

「何だい。ザネリ。」とジョバンニは高く叫び返しましたがもうザネリは向こうのひば[*5]の植わった家の中へはいっていきました。

「ザネリはどうしてぼくがなんにもしないのにあんなことをいうのだろう。走るときはまるで鼠《ねずみ》のようなくせに。ぼくがなんにもしないのにあんなことをいうのはザネリがばかなからだ。」

ジョバンニは、せわしくいろいろのことを考えながら、さまざまの灯《あかり》や木の枝で、すっかりきれいに飾《かざ》られた街を通って行きました。時計屋の店には明るくネオン灯《とう》がついて、一秒ごとに石でこさえたふくろうの赤い眼《め》が、くるっくるっとうごいたり、いろいろな宝石が海のような色をした厚《あつ》い硝子《ガラス》の盤《ばん》に載《の》って星のようにゆっくり循《めぐ》ったり、また向こう側から、銅《どう》の人馬《じんば》がゆっくりこっちへまわって来たりするのでした。そのまん中に円《まる》い黒い星座《せいざ》早見《はやみ》[*6]が青いアスパラガスの葉で飾ってありました。

ジョバンニはわれを忘れて、その星座の図に見入《みい》りました。

それはひる学校で見たあの図よりはずうっと小さかったのですがその日と時間に合わせ

て盤《ばん》をまわすと、そのとき出ているそらがそのまま楕円形《だえんけい》のなかにめぐってあらわれるようになっておりやはりそのまん中には上から下へかけて銀河がぼうとけむったような帯《おび》になってその下の方ではかすかに爆発《ばくはつ》して湯気《ゆげ》でもあげているように見えるのでした。またそのうしろには三本の脚《あし》のついた小さな望遠鏡《ぼうえんきょう》が黄いろに光って立っていましたしいちばんうしろの壁《かべ》には空じゅうの星座をふしぎな獣《けもの》や蛇《へび》や魚や瓶《びん》の形に書いた大きな図がかかっていました。ほんとうにこんなような蝎《さそり》だの勇士《ゆうし》だのそらにぎっしりいるだろうか、あぁぼくはその中をどこまでも歩いてみたいと思ってたりしてしばらくぼんやり立っていました。

それからにわかにお母さんの牛乳のことを思いだしてジョバンニはその店をはなれました。そしてきゅうくつな上着の肩を気にしながらそれでもわざと胸を張って大きく手を振って町を通って行きました。

空気は澄《す》みきって、まるで水のように通りや店の中を流れましたし、街灯はみなまっ青《さお》なもみや楢《なら》の枝で包まれ、電気会社の前の六本のプラタヌスの木などは、中にたくさんの豆電灯がついて、ほんとうにそこらは人魚《にんぎょ》の都《みやこ》のように見えるのでした。子どもらは、みんな新しい折のついた着物を着て、星めぐりの口笛《くちぶえ》を吹いたり、

「ケンタウルス、*7露《つゆ》をふらせ。」と叫《さけ》んで走ったり、青いマグネシヤの花火を燃やしたり

して、たのしそうに遊んでいるのでした。けれどもジョバンニは、いつかまた深く首を垂《た》れて、そこらのにぎやかさとはまるでちがったことを考えながら、牛乳屋の方へ急ぐのでした。

ジョバンニは、いつか町はずれのポプラの木が幾本《いくほん》も幾本も、高く星ぞらに浮かんでいるところに来ていました。その牛乳屋の黒い門を入り、牛の匂《にお》いのするうすくらい台所の前に立って、ジョバンニは帽子《ぼうし》をぬいで「こんばんは、」といいましたら、家の中はしぃんとして誰《たれ》もいたようではありませんでした。

「こんばんは、ごめんなさい。」ジョバンニはまっすぐに立ってまた叫《さけ》びました。するとしばらくたってから、年老《としと》った女の人が、どこか工合《ぐあい》が悪いようにそろそろと出て来て何か用かと口の中でいいました。

「あの、今日《きょう》、牛乳が僕《ぼく》んとこへ来なかったので、貰《もら》いにあがったんです。」ジョバンニが一生けん命勢《いきお》いよくいいました。

「いま誰もいないでわかりません。あしたにしてください。」

その人は、赤い眼《め》の下のとこを擦《こす》りながら、ジョバンニを見おろしていいました。

「おっかさんが病気なんですから今晩《こんばん》でないと困るんです。」

「ではもう少したってから来てください。」その人はもう行ってしまいそうでした。

「そうですか。ではありがとう。」ジョバンニは、おじぎをして台所から出ました。

十字になった町のかどを、まがろうとしましたら、向こうの橋へ行く方の雑貨店《ざっかてん》の前で、黒い影《かげ》やぼんやり白いシャツが入り乱《みだ》れて、六、七人の生徒らが、口笛《くちぶえ》を吹いたり笑ったりして、めいめい烏瓜《からすうり》の灯火《あかり》を持ってやって来るのを見ました。その笑い声も口笛も、みんな聞きおぼえのあるものでした。ジョバンニの同級の子供らだったのです。ジョバンニは思わずどきっとして戻《もど》ろうとしましたが、思い直して、一そう勢《いきお》いよくそっちへ歩いて行きました。

「川へ行くの。」ジョバンニがいおうとして、少しのどがつまったように思ったとき、

「ジョバンニ、らっこの上着が来るよ。」さっきのザネリがまた叫《さけ》びました。

「ジョバンニ、らっこの上着が来るよ。」すぐみんなが、続いて叫びました。ジョバンニはまっ赤になって、もう歩いているかもわからず、急いで行きすぎようとしましたら、そのなかにカムパネルラがいたのです。カムパネルラは気《き》の毒《どく》そうに、だまって少しわらって、怒《おこ》らないだろうかというようにジョバンニの方を見ていました。

ジョバンニは、遁《に》げるようにその眼《め》を避《さ》け、そしてカムパネルラのせいの高いかたちが過ぎて行ってまもなく、みんなはてんでに口笛《くちぶえ》を吹きました。町かどを曲がるとき、ふりかえって見ましたら、ザネリがやはりふりかえって見ていました。そしてカムパネルラも

また、高く口笛を吹いて向こうにぼんやり見える橋の方へ歩いて行ってしまったのでした。ジョバンニは、なんともいえずさびしくなって、いきなり走り出しました。すると耳に手をあてて、わああといいながら片足でぴょんぴょん跳《と》んでいた小さな子供らは、ジョバンニが面白《おもしろ》くてかけるのだと思ってわあいと叫《さけ》びました。まもなくジョバンニは黒い丘《おか》の方へ急ぎました。

五、天気輪《てんきりん》の柱

牧場《ぼくじょう》のうしろはゆるい丘《おか》になって、その黒い平らな頂上は、北の大熊星《おおぐまぼし》の下に、ぼんやりふだんよりも低く連《つら》なって見えました。

ジョバンニは、もう露《つゆ》の降《ふ》りかかった小さな林のこみちを、どんどんのぼって行きました。まっくらな草や、いろいろな形に見えるやぶのしげみの間を、その小さなみちが、一すじ白く星あかりに照らしだされてあったのです。草の中には、ぴかぴか青びかりを出す小さな虫もいて、ある葉は青くすかし出され、ジョバンニは、さっきみんなの持って行った烏瓜《からすうり》のあかりのようだとも思いました。

そのまっ黒な、松《まつ》や楢《なら》の林を越えると、にわかにがらんと空がひらけて、天《あま》の川《がわ》がしらしらと南から北へ亘《わた》っているのが見え、また頂《いただき》の、天気輪《てんきりん》の柱《はしら》も見わけられたのでした。つりがねそうか野ぎくかの花が、そこらいちめんに、夢の中からでも薫《かお》りだしたというように咲き、鳥が一疋《ぴき》、丘の上を鳴き続けながら通って行きました。

ジョバンニは、頂《いただき》の天気輪の柱の下に来て、どかどかするからだを、つめたい草に投げました。

町の灯《あかり》は、暗《やみ》の中をまるで海の底のお宮《みや》のけしきのようにともり、子供らの歌う声や口笛《くちぶえ》、きれぎれの叫《さけ》び声《ごえ》もかすかに聞こえて来るのでした。風が遠くで鳴り、丘の草もしずかにそよぎ、ジョバンニの汗でぬれたシャツもつめたく冷やされました。ジョバンニは町のはずれから遠く黒くひろがった野原を見わたしました。

そこから汽車の音が聞こえてきました。その小さな列車の窓は一列小さく赤く見え、その中にはたくさんの旅人《たびびと》が、苹果《りんご》を剝《む》いたり、わらったり、いろいろなふうにしていると考えますと、ジョバンニは、もう何ともいえずかなしくなって、また眼《め》をそらに挙《あ》げました。

ああの白いそらの帯《おび》がみんな星だというぞ。

ところがいくら見ていても、そのそらはひる先生のいったような、がらんとした冷たいとこだとは思われませんでした。それどころでなく、見れば見るほど、そこは小さな林や牧場《ぼくじょう》やらある野原のように考えられて仕方なかったのです。そしてジョバンニは青い琴《こと》の星が、三つにも四つにもなって、ちらちら瞬《またた》き、脚《あし》が何べんも出たり引っ込んだりして、とうとう蕈《きのこ》のように長く延びるのを見ました。またすぐ眼《め》の下のまちまでがやっぱりぼんやりしたたくさんの星の集まりか一つの大きなけむりかのように見えるように思いました。

六、銀河ステーション

そしてジョバンニはすぐうしろの天気輪《てんきりん》の柱《はしら》がいつかぼんやりした三角標《さんかくひょう》の形になって、しばらく蛍《ほたる》のように、ぺかぺか消えたりともったりしているのを見ました。それはだんだんはっきりして、とうとうりんとうごかないようになり、濃《こ》い鋼青《こうせい》のそらの野原にたちました。いま新しく灼《や》いたばかりの青い鋼《はがね》の板のような、そらの野原に、まっすぐにすきっと立ったのです。

するとどこかで、ふしぎな声が、銀河《ぎんが》ステーション、銀河ステーションという声がしたと思うといきなり眼《め》の前が、ぱっと明るくなって、まるで億万の蛍烏賊《ほたるいか》の火を一ぺんに化石させて、そらじゅうに沈《しず》めたという工合《ぐあい》、またダイアモンド会社で、ねだんがやすくならないために、わざと穫《と》れないふりをして、かくしておいた金剛石《こんごうせき》*8を、誰《たれ》かがいきなりひっくりかえして、ばら撒《ま》いたというふうに、眼の前がさあっと明るくなって、ジョバンニは、思わず何べんも眼を擦《こす》ってしまいました。

気がついてみると、さっきから、ごとごとごとごと、ジョバンニの乗っている小さな列車が走りつづけていたのでした。ほんとうにジョバンニは、夜の軽便鉄道《けいべんてつどう》*9の、小さな黄いろの電灯のならんだ車室《しやしつ》に、窓から外を見ながら座っていたのです。車室の中は、青い天蚕絨《びろうど》を張った腰掛《こしか》けが、まるでがら明《あ》きで、向こうの鼠《ねずみ》いろのワニス*10を塗《ぬ》った壁《かべ》には、真鍮《しんちゅう》の大きなぼたんが二つ光っているのでした。

すぐ前の席に、ぬれたようにまっ黒な上着を着た、せいの高い子供が、窓から頭を出して外を見ているのに気が付きました。そしてそのこどもの肩のあたりが、どうも見たことのあるような気がして、そう思うと、もうどうしても誰《たれ》だかわかりたくて、たまらなくなりました。いきなりこっちも窓から顔を出そうとしたとき、にわかにその子供が頭を引っ込めて、こっちを見ました。

それはカムパネルラだったのです。

ジョバンニが、カムパネルラ、きみは前からここにいたのといおうと思ったとき、カムパネルラが

「みんなはねずいぶん走ったけれども遅れてしまったよ。ザネリもね、ずいぶん走ったけ

れども追いつかなかった。」といいました。

ジョバンニは、（そうだ、ぼくたちはいま、いっしょにさそって出掛けたのだ。）とおもいながら、

「どこかで待っていようか。」といいました。するとカムパネルラは

「ザネリはもう帰ったよ。お父さんが迎《むか》いにきたんだ。」

カムパネルラは、なぜかそういいながら、少し顔いろが青ざめて、どこか苦しいというふうでした。するとジョバンニも、なんだかどこかに、何か忘れたものがあるというような、おかしな気持ちがしてだまってしまいました。

ところがカムパネルラは、窓から外をのぞきながら、もうすっかり元気が直って、勢《いきお》いよくいいました。

「ああしまった。ぼく、水筒《すいとう》を忘れてきた。スケッチ帳も忘れてきた。けれど構《かま》わない。もうじき白鳥《はくちょう》の停車場《ていしゃば》だから。ぼく、白鳥を見るなら、ほんとうにすきだ。川の遠くを飛んでいたって、ぼくはきっと見える。」そして、カムパネルラは、円《まる》い板のようになった地図を、しきりにぐるぐるまわして見ていました。まったくその中に、白くあらわされた天《あま》の川《がわ》の左の岸に沿って一条《いちじょう》の鉄道線路が、南へ南へとたどって行くのでした。そしてその地図の立派《りっぱ》なことは、夜のようにまっ黒な盤《ばん》の上に、一々《いちいち》の停車場や三角標《さんかくひょう》、泉水《せんすい》や森

が、青や橙《だいだい》や緑や、うつくしい光でちりばめられてありました。ジョバンニはなんだかその地図をどこかで見たようにおもいました。

「この地図はどこで買ったの。黒曜石《こくようせき》*11でできてるねえ。」

ジョバンニがいいました。

「銀河ステーションで、もらったんだ。君もらわなかったの。」

「ああ、ぼく銀河ステーションを通ったろうか。いまぼくたちのいるとこ、ここだろう。」

ジョバンニは、白鳥《はくちょう》と書いてある停車場《ていしゃば》のしるしの、すぐ北を指《さ》しました。

「そうだ。おや、あの河原《かわら》は月夜だろうか。」そっちを見ますと、青白く光る銀河の岸に、銀いろの空のすすきが、もうまるでいちめん、風にさらさらさらさら、ゆられてうごいて、波を立てているのでした。

「月夜でないよ。銀河だから光るんだよ。」ジョバンニはいいながら、まるではね上がりたいくらい愉快《ゆかい》になって、足をこつこつ鳴らし、窓から顔を出して、高く高く星めぐりの口笛《くちぶえ》を吹きながら一生けん命延びあがって、その天《あま》の川《がわ》の水を、見きわめようとしましたが、はじめはどうしてもそれが、はっきりしませんでした。けれどもだんだん気をつけて見ると、そのきれいな水は、ガラスよりも水素《すいそ》よりもすきとおって、ときどき眼《め》の加減《かげん》か、ちらちら紫《むらさき》いろのこまかな波をたてたり、虹《にじ》のようにぎらっと光ったりしながら、声もなくどんどん流れて行き、野原にはあっちにもこっちにも、燐光《りんこう》の三角標《さんかくひょう》が、うつくしく立っていたのです。遠いものは小さく、近いものは大きく、遠いものは橙《だいだい》や黄いろではっきりし、近いものは青白く少しかすんで、あるいは三角形、あるいは四辺形《しへんけい》、あるいは電《いなずま》や鎖《くさり》の形、さまざまにならんで、野原いっぱい光っているのでした。ジョバンニは、まるでどきどきして、頭をやけに振りました。するとほんとうに、そのきれいな野原じゅうの青や橙や、いろいろかがやく三角標も、てんでに息をつくように、ちらちらゆれたり顫《ふる》えたりしました。

「ぼくはもう、すっかり天《てん》の野原《のはら》に来た。」ジョバンニはいいました。「それにこの汽車石《せき》炭《たん》をたいていないねえ。」ジョバンニが左手をつき出して窓から前の方を見ながらいいました。

「アルコールか電気だろう。」カムパネルラがいいました。

ごとごとごとごと、その小さなきれいな汽車は、そらのすすきの風にひるがえる中を、天《あま》の川《がわ》の水や、三角点の青じろい微光《びこう》の中を、どこまでもどこまでもと、走って行くのでした。

「ああ、りんどうの花が咲いている。もうすっかり秋だねえ。」カムパネルラが、窓の外を指さしていいました。

線路のへりになったみじかい芝草《しばくさ》の中に、月長石《げっちょうせき》＊12でも刻《きざ》まれたような、すばらしい紫《むらさき》のりんどうの花が咲いていました。

「ぼく、飛び下りて、あいつをとって、また飛び乗ってみせようか。」ジョバンニは胸を躍《おど》らせていいました。

「もうだめだ。あんなにうしろへ行ってしまったから。」

カムパネルラが、そういってしまうかしまわないうち、次のりんどうの花が、いっぱいに光って過ぎて行きました。

と思ったら、もう次から次から、たくさんのきいろな底をもったりんどうの花のコップが、湧《わ》くように、雨のように、眼《め》の前を通り、三角標《さんかくひょう》の列は、けむるように燃えるように、いよいよ光って立ったのです。

七、北十字《きたじゅうじ》＊13とプリオシン海岸

「おっかさんは、ぼくをゆるしてくださるだろうか。」

いきなり、カムパネルラが、思い切ったというように、少しどもりながら、急《せ》きこんでいいました。

ジョバンニは、

（ああ、そうだ、ぼくのおっかさんは、あの遠い一つのちりのように見える橙《だいだい》いろの三角標《さんかくひょう》のあたりにいらっしゃって、いまぼくのことを考えているんだった。）と思いながら、ぼんやりしてだまっていました。

「ぼくはおっかさんが、ほんとうに幸《さいわい》になるなら、どんなことでもする。けれども、いったいどんなことが、おっかさんのいちばんの幸なんだろう。」カムパネルラは、なんだか、泣きだしたいのを、一生けん命こらえているようでした。

「きみのおっかさんは、なんにもひどいことないじゃないの。」ジョバンニはびっくりして叫《さけ》びました。

「ぼくわからない。けれども、誰《たれ》だって、ほんとうにいいことをしたら、いちばん幸《さいわい》なんだねえ。だから、おっかさんは、ぼくをゆるしてくださると思う。」カムパネルラは、なにかほんとうに決心しているように見えました。

にわかに、車のなかが、ぱっと白く明るくなりました。見ると、もうじつに、金剛石《こんごうせき》や草の露《つゆ》やあらゆる立派《りっぱ》さをあつめたような、きらびやかな銀河の河床《かわどこ》の上を水は声もなくかたちもなく流れ、その流れのまん中に、ぼうっと青白く後光《ごこう》の射《さ》した一つの島が見えるのでした。その島の平らないただきに、立派な眼《め》もさめるような、白い十字架《じゅうじか》がたって、それはもう凍《こお》った北極《ほっきょく》の雲で鋳《い》たといったらいいか、すきっとした金いろの円光《えんこう》をいただいて、しずかに永久に立っているのでした。

「ハルレヤ、*14ハルレヤ。」前からもうしろからも声が起こりました。ふりかえって見ると、車室《しゃしつ》の中の旅人《たびびと》たちは、みなまっすぐにきもののひだを垂《た》れ、黒いバイブル*15を胸にあてたり、水晶《すいしょう》の珠数《じゅず》をかけたり、どの人もつつましく指を組み合わせて、そっちに祈っているのでした。思わず二人もまっすぐに立ちあがりました。カムパネルラの頰《ほお》は、まるで熟《じゅく》した苹果《りんご》のあかし*16のようにうつくしくかがやいて見えました。

そして島と十字架とは、だんだんうしろの方へうつって行きました。

向こう岸も、青じろくぽうっと光ってけむり、時々、やっぱりすすきが風にひるがえるらしく、さっとその銀いろがけむって、息でもかけたように見え、また、たくさんのりんどうの花が、草をかくれたり出たりするのは、やさしい狐火《きつねび》のように思われました。

それもほんのちょっとの間、川と汽車との間は、すすきの列でさえぎられ、白鳥《はくちょう》の島は、二度ばかり、うしろの方に見えましたが、じきもうずうっと遠く小さく、絵のようになってしまい、またすすきがざわざわ鳴って、とうとうすっかり見えなくなってしまいました。ジョバンニのうしろには、いつから乗っていたのか、せいの高い、黒いかつぎをしたカトリック風の尼《あま》さんが、まん円《まる》な緑の瞳《ひとみ》を、じっとまっすぐに落として、まだ何かことばか声かが、そっちから伝わって来るのを、虔《つつし》んで聞いているというように見えました。旅人《たびびと》たちはしずかに席に戻り、二人も胸いっぱいのかなしみに似た新しい気持ちを、何気《なにげ》なくちがった語《ことば》で、そっと談《はな》し合ったのです。

「もうじき白鳥《はくちょう》の停車場《ていしゃば》だねえ。」

「ああ、十一時かっきりには着くんだよ。」

早くも、シグナルの緑の灯《あかり》と、ぼんやり白い柱《はしら》とが、ちらっと窓のそとを過ぎ、それから硫黄《いおう》のほのおのようなくらいぼんやりした転《てん》てつ機[*17]の前のあかりが窓の下を通り、汽車はだんだんゆるやかになって、まもなくプラットホームの一列の電灯が、うつくしく規則正しくあらわれ、それがだんだん大きくなってひろがって、二人はちょうど白鳥停車場の、大きな時計の前に来てとまりました。

さわやかな秋の時計の盤面《ダイヤル》には、青く灼《や》かれたはがねの二本の針《はり》が、くっきり十一時を指《さ》しました。みんなは、一ぺんに下りて、車室《しゃしつ》の中はがらんとなってしまいました。

〔二十分停車〕と時計の下に書いてありました。

「ぼくたちも降りてみようか。」ジョバンニがいいました。

「降りよう。」二人は一度にはねあがってドアを飛び出して改札口《かいさつぐち》へかけて行きました。ところが改札口には、明るい紫《むらさき》がかった電灯が、一つ点《つ》いているばかり、誰《たれ》もいませんでした。そこらじゅうを見ても、駅長や赤帽《あかぼう》*18らしい人の、影《かげ》もなかったのです。

二人は、停車場《ていしゃば》の前の、水晶細工《すいしょうざいく》のように見える銀杏《いちょう》の木に囲まれた、小さな広場に出ました。そこから幅《はば》の広いみちが、まっすぐに銀河の青光《あおびかり》の中へ通っていました。

さきに降りた人たちは、もうどこへ行ったか一人も見えませんでした。二人がその白い道を、肩をならべて行きますと、二人の影《かげ》は、ちょうど四方に窓のある室《へや》の中の、二本の柱《はしら》の影のように、また二つの車輪《しゃりん》の輻《や》*19のように幾本《いくほん》も幾本も四方へ出るのでした。そしてまもなく、あの汽車から見えたきれいな河原《かわら》に来ました。

カムパネルラは、そのきれいな砂《すな》を一つまみ、掌《てのひら》にひろげ、指できしきしさせながら、夢のようにいっているのでした。

「この砂《すな》はみんな水晶《すいしょう》だ。中で小さな火が燃えている。」

「そうだ。」どこでぼくは、そんなこと習ったろうと思いながら、ジョバンニもぼんやり答えていました。

河原《かわら》の礫《こいし》は、みんなすきとおって、たしかに水晶《すいしょう》や黄玉《トパース》や、またくしゃくしゃの皺曲《しゅうきょく》をあらわしたのや、また稜《かど》から霧《きり》のような青白い光を出す鋼玉《こうぎょく》*20やらでした。ジョバンニは、走ってその渚《なぎさ》に行って、水に手をひたしました。けれどもあやしいその銀河の水は、水素《すいそ》よりももっとすきとおっていたのです。それでもたしかに流れていたことは、二人の手首の、水にひたったとこが、少し水銀《すいぎん》いろに浮いたように見え、その手首にぶっつかってできた波は、うつくしい燐光《りんこう》をあげて、ちらちらと燃えるように見えたのでもわかりました。

川上《かわかみ》の方を見ると、すすきのいっぱいに生《は》えている崖《がけ》の下に、白い岩が、まるで運動場のように平らに川に沿って出ているのでした。そこに小さな五、六人の人かげが、何か掘り出すか埋《う》めるかしているらしく、立ったり屈《かが》んだり、時々なにかの道具が、ピカッと光ったりしました。

「行ってみよう。」二人は、まるで一度に叫《さけ》んで、そっちの方へ走りました。その白い岩になった処《ところ》の入口に、

〔プリオシン海岸〕*21という、瀬戸物《せともの》のつるつるした標札《ひょうさつ》が立って、向こうの渚《なぎさ》には、ところどころ、細い鉄の欄干《らんかん》も植えられ、木製のきれいなベンチも置いてありました。

「おや、変なものがあるよ。」カムパネルラが、不思議そうに立ちどまって、岩から黒い細長いさきの尖《とが》ったくるみの実のようなものをひろいました。

「くるみの実だよ。そら、たくさんある。流れて来たんじゃない。岩の中に入ってるんだ。」

「大きいね、このくるみ、倍あるね。こいつはすこしもいたんでない。」

「早くあすこへ行ってみよう。きっと何か掘ってるから。」

二人は、ぎざぎざの黒いくるみの実を持ちながら、またさっきの方へ近よって行きました。左手の渚《なぎさ》には、波がやさしい稲妻《いなずま》のように燃えて寄せ、右手の崖《がけ》には、いちめん銀や貝殻《かいがら》でこさえたようなすすきの穂《ほ》がゆれたのです。

だんだん近付いて見ると、一人のせいの高い、ひどい近眼鏡《きんがんきょう》をかけ、長靴《ながぐつ》をはいた学者らしい人が、手帳《てちょう》に何かせわしそうに書きつけながら、鶴嘴《つるはし》をふりあげたり、スコープをつかったりしている、三人の助手らしい人たちに夢中《むちゅう》でいろいろ指図《さしず》をしていました。

「そこのその突起《とっき》を壊《こわ》さないように。スコープを使いたまえ、スコープを。おっと、も少し遠くから掘って。いけない、いけない。なぜそんな乱暴《らんぼう》をするんだ。」

見ると、その白い柔《やわ》らかな岩の中から、大きな大きな青じろい獣《けもの》の骨が、横に倒れて潰《つぶ》れたというふうになって、半分以上掘り出されていました。そして気をつけて見ると、そこらには、蹄《ひづめ》の二つある足跡《あしあと》のついた岩が、四角に十ばかり、きれいに切り取られて番号がつけられてありました。

「君たちは参観《さんかん》かね。」その大学士《だいがくし》らしい人が、眼鏡《めがね》をきらっとさせて、こっちを見て話しかけました。「くるみがたくさんあったろう。それはまあ、ざっと百二十万年ぐらい前のくるみだよ。ごく新しい方さ。ここは百二十万年前、第三紀《だいさんき》*22のあとのころは海岸でね、この下からは貝がらも出る。いま川の流れているとこに、そっくり塩水が寄せたり引いたりもしていたのだ。このけものかね、これはボスといってね、おいおい、そこつるはしはよしたまえ。ていねいに鑿《のみ》でやってくれたまえ。ボスといってね、いまの牛の先祖で、昔はたくさんいたさ。」

「標本《ひょうほん》にするんですか。」

「いや、証明するに要《い》るんだ。ぼくらからみると、ここは厚《あつ》い立派《りっぱ》な地層《ちそう》で、百二十万年ぐらい前にできたという証拠《しょうこ》もいろいろあがるけれども、ぼくらとちがったやつからみてもやっぱりこんな地層に見えるかどうか、あるいは風か水やがらんとした空かに見えやしないかということなのだ。わかったかい。けれども、おいおい。そこもスコープではいけない。そのすぐ下に肋骨《ろっこつ》が埋《う》もれてるはずじゃないか。」大学士はあわてて走って行きました。

「もう時間だよ。行こう。」カムパネルラが地図と腕時計とをくらべながらいいました。

「ああ、ではわたくしどもは失礼いたします。」ジョバンニは、ていねいに大学士におじぎしました。

「そうですか。いや、さよなら。」大学士は、また忙《いそが》しそうに、あちこち歩きまわって監督《かんとく》をはじめました。二人は、その白い岩の上を、一生けん命汽車におくれないように走りました。そしてほんとうに、風のように走れたのです。息も切れず膝《ひざ》もあつくなりませんでした。

こんなにしてかけるなら、もう世界じゅうだってかけれると、ジョバンニは思いました。

そして二人は、前のあの河原《かわら》を通り、改札口《かいさつぐち》の電灯がだんだん大きくなって、まもなく二人は、もとの車室《しゃしつ》の席に座って、いま行って来た方を、窓から見ていました。

八、鳥を捕《と》る人

「ここへかけてもようございますか。」

がさがさした、けれども親切そうな、大人《おとな》の声が、二人のうしろで聞こえました。

それは、茶いろの少しぼろぼろの外套《がいとう》を着て、白い巾《きれ》でつつんだ荷物を、二つに分けて肩に掛けた、赤髯《あかひげ》のせなかのかがんだ人でした。

「ええ、いいんです。」ジョバンニは、少し肩をすぼめて挨拶《あいさつ》しました。その人は、ひげの中でかすかに微笑《わら》いながら、荷物をゆっくり網棚《あみだな》にのせました。ジョバンニは、なにか大へんさびしいようなかなしいような気がして、だまって正面の時計を見ていましたら、ずうっと前の方で、硝子《ガラス》の笛《ふえ》のようなものが鳴りました。汽車はもう、しずかにうごいていたのです。カムパネルラは、車室《しゃしつ》の天井を、あちこち見ていました。その一つのあかりに黒い甲虫《こうちゅう》がとまってその影《かげ》が大きく天井にうつっていたのです。赤ひげの人は、なにかなつかしそうにわらいながら、ジョバンニやカムパネルラのようすを見ていました。汽車はもうだんだん早くなって、すすきと川と、かわるがわる窓の外から光りました。

赤ひげの人が、少しおずおずしながら、二人に訊《き》きました。

「あなたがたは、どちらへいらっしゃるんですか。」

「どこまでも行くんです。」ジョバンニは、少しきまり悪そうに答えました。

「それはいいね。この汽車は、じっさい、どこまででも行きますぜ。」

「あなたはどこへ行くんです。」カムパネルラが、いきなり、喧嘩《けんか》のようにたずねましたので、ジョバンニは、思わずわらいました。すると、向こうの席にいた、尖《とが》った帽子《ぼうし》をかぶり、大きな鍵《かぎ》を腰に下げた人も、ちらっとこっちを見てわらいましたので、カムパネルラも、つい顔を赤くして笑いだしてしまいました。ところがその人は別に怒《おこ》ったでもなく、頰《ほお》をぴくぴくしながら返事しました。

「わっしはすぐそこで降ります。わっしは、鳥をつかまえる商売でね。」

「何鳥《なにどり》ですか。」

「鶴《つる》や雁《がん》です。さぎも白鳥《はくちょう》もです。」

「鶴はたくさんいますか。」

「いますとも、さっきから鳴いてまさあ。聞かなかったのですか。」

「いいえ。」

「いまでも聞こえるじゃありませんか。そら、耳をすまして聴《き》いてごらんなさい。」

二人は眼《め》を挙《あ》げ、耳をすましました。ごとごと鳴る汽車のひびきと、すすきの風との間から、ころんころんと水の湧《わ》くような音が聞こえて来るのでした。

「鶴《つる》、どうしてとるんですか。」

「鶴ですか、それとも鷺《さぎ》ですか。」

「鷺です。」ジョバンニは、どっちでもいいと思いながら答えました。

「そいつはな、雑作《ぞうさ》ない。さぎというものは、みんな天《あま》の川《がわ》の砂《すな》が凝《こご》って、ぼおっとできるもんですからね、そして始終《しじゅう》川へ帰りますからね、川原《かわら》で待っていて、鷺がみんな、脚《あし》をこういうふうにして下りてくるとこを、そいつが地べたへつくかつかないうちに、ぴたっと押さえちまうんです。するともう鷺は、かたまって安心して死んじまいます。あとはもう、わかりきってまさあ。押《お》し葉《ば》にするだけです。」

「鷺《さぎ》を押し葉にするんですか。標本《ひょうほん》ですか。」

「標本じゃありません。みんなたべるじゃありませんか。」

「おかしいねえ。」カムパネルラが首をかしげました。

「おかしいも不審《ふしん》もありませんや。そら。」その男は立って、網棚《あみだな》から包みをおろして、手ばやくくるくると解《と》きました。「さあ、ごらんなさい。いまとって来たばかりです。」

「ほんとうに鷺《さぎ》だねえ。」二人は思わず叫《さけ》びました。まっ白な、あのさっきの北の十字架《じゅうじか》のように光る鷺のからだが、十ばかり、少しひらべったくなって、黒い脚《あし》をちぢめて、浮彫《うきぼり》のようにならんでいたのです。

「眼《め》をつぶってるね。」カムパネルラは、指でそっと、鷺《さぎ》の三日月がたの白い瞑《つぶ》った眼にさわりました。頭の上の槍《やり》のような白い毛もちゃんとついていました。

「ね、そうでしょう。」鳥捕《とりと》りは風呂敷《ふろしき》を重ねて、またくるくると包んで紐《ひも》でくくりました。誰《たれ》がいったいここらで鷺なんぞ食べるだろうとジョバンニは思いながら訊きました。

「鷺《さぎ》はおいしいんですか。」

「ええ、毎日注文があります。しかし雁《がん》の方が、もっと売れます。雁の方がずっと柄《がら》がいいし、第一手数《てすう》がありませんからな。そら。」鳥捕りは、また別の方の包みを解きました。すると黄と青じろとまだらになって、なにかのあかりのようにひかる雁が、ちょうどさっきの鷺のように、くちばしを揃《そろ》えて、少し扁《ひら》べったくなって、ならんでいました。

「こっちはすぐ食べられます。どうです、少しおあがりなさい。」鳥捕りは、黄いろな雁《がん》の足を、軽くひっぱりました。するとそれは、チョコレートででもできているように、すっときれいにはなれました。

「どうです。すこしたべてごらんなさい。」鳥捕りは、それを二つにちぎってわたしました。ジョバンニは、ちょっと食べてみて、（なんだ、やっぱりこいつはお菓子《かし》だ。チョコレートよりも、もっとおいしいけれども、こんな雁《がん》が飛んでいるもんか。この男は、どこかそこらの野原の菓子屋だ。けれどもぼくは、このひとをばかにしながら、この人のお菓子をたべているのは、大へん気《き》の毒《どく》だ。）とおもいながら、やっぱりぽくぽくそれをたべていました。

「も少しおあがりなさい。」鳥捕りがまた包みを出しました。ジョバンニは、もっとたべたかったのですけれども、

「ええ、ありがとう。」といって遠慮《えんりょ》しましたら、鳥捕りは、こんどは向こうの席の、鍵《かぎ》をもった人に出しました。

「いや、商売ものを貰《もら》っちゃすみませんな。」その人は、帽子《ぼうし》をとりました。

「いいえ、どういたしまして。どうです、今年の渡り鳥の景気は。」

「いや、すてきなもんですよ。一昨日《おととい》の第二《だいに》限《げん》ころなんか、なぜ灯台の灯《ひ》を、規則以外に間〔一字分空白〕させるかって、あっちからもこっちからも、電話で故障《こしょう》が来ました*23が、なあに、こっちがやるんじゃなくて、渡り鳥どもが、まっ黒にかたまって、あかしの前を

通るのですからしかたありませんや。わたしぁ、べらぼうめ、そんな苦情は、おれのとこへ持って来たってしかたがねえや、ばさばさのマントを着て脚《あし》と口との途方《とほう》もなく細い大《たい》将《しょう》へやれって、こういってやりましたがね、はっは。」

すすきがなくなったために、向こうの野原から、ぱっとあかりが射《さ》して来ました。

「鷺《さぎ》の方はなぜ手数《てすう》なんですか。」カムパネルラは、さっきから、訊《き》こうと思っていたのです。

「それはね、鷺を食べるには、」鳥捕りは、こっちに向き直りました。「天《あま》の川《がわ》の水あかりに、十日もつるして置くかね、そうでなけぁ、砂《すな》に三、四日うずめなけぁいけないんだ。そうすると、水銀《すいぎん》がみんな蒸発《じょうはつ》して、食べられるようになるよ。」

「こいつは鳥じゃない。ただのお菓子《かし》でしょう。」やっぱりおなじことを考えていたとみえて、カムパネルラが、思い切ったというように、尋《たず》ねました。鳥捕りは、何か大へんあわてたふうで、

「そうそう、ここで降りなけぁ。」といいながら、立って荷物をとったと思うと、もう見えなくなっていました。

「どこへ行ったんだろう。」二人は顔を見合わせましたら、灯台守《とうだいも》りは、にやにや笑って、少し伸びあがるようにしながら、二人の横の窓の外をのぞきました。二人もそっちを見ま

したら、たったいまの鳥捕りが、黄いろと青じろの、うつくしい燐光《りんこう》を出す、いちめんのかわらははこぐさの上に立って、まじめな顔をして両手をひろげて、じっとそらを見ていたのです。

「あすこへ行ってる。ずいぶん奇体《きたい》だねえ。*24 きっとまた鳥をつかまえるとこだねえ。汽車が走って行かないうちに、早く鳥がおりるといいな。」といった途端《とたん》、がらんとした桔梗《ききょう》いろの空から、さっき見たような鷺《さぎ》が、まるで雪の降るように、ぎゃあぎゃあ叫《さけ》びながら、いっぱいに舞いおりて来ました。するとあの鳥捕りは、すっかり注文通りだというようにほくほくして、両足をかっきり六十度に開いて立って、鷺のちぢめて降りて来る黒い脚《あし》を両手で片《かた》っ端《ぱし》から押さえて、布の袋《ふくろ》の中に入れるのでした。すると鷺は、蛍《ほたる》のように、袋の中でしばらく、青くぺかぺか光ったり消えたりしていましたが、おしまいとうとう、みんなぼんやり白くなって、眼《め》をつぶるのでした。ところが、つかまえられる鳥よりは、つかまえられないで無事に天《あま》の川《がわ》の砂《すな》の上に降りるものの方が多かったのです。それは見ていると、足が砂へつくや否《いな》や、まるで雪の融《と》けるように、縮《ちぢ》まって扁《ひら》べったくなって、まもなく熔鉱炉《ようこうろ》から出た銅の汁《しる》のように、砂や砂利《じゃり》の上にひろがり、しばらくは鳥の形が、砂についているのでしたが、それも二、三度明るくなったり暗くなったりしているうちに、もうすっかりまわりと同じいろになってしまうのでした。

鳥捕りは二十疋《ぴき》ばかり、袋に入れてしまうと、急に両手をあげて、兵隊が鉄砲弾《てっぽうだま》にあたって、死ぬときのような形をしました。と思ったら、もうそこに鳥捕りの形はなくなって、却《かえ》って、

「ああせいせいした。どうもからだにちょうど合うほど稼《かせ》いでいるくらい、いいことはありませんな。」というききおぼえのある声が、ジョバンニの隣《とな》りにしました。見ると鳥捕りは、もうそこでとって来た鷺《さぎ》を、きちんとそろえて、一つずつ重ね直しているのでした。

「どうしてあすこから、いっぺんにここへ来たんですか。」ジョバンニが、なんだかあたりまえのような、あたりまえでないような、おかしな気がして問いました。

「どうしてって、来ようとしたから来たんです。ぜんたいあなたがたは、どちらからおいでですか。」

ジョバンニは、すぐ返事しようと思いましたけれども、さあ、ぜんたいどこから来たのか、もうどうしても考えつきませんでした。カムパネルラも、頰《ほお》をまっ赤にして何か思い出そうとしているのでした。

「ああ、遠くからですね。」鳥捕りは、わかったというように雑作《ぞうさ》なくうなずきました。

九、ジョバンニの切符

「もうここらは白鳥区《はくちょうく》のおしまいです。ごらんなさい。あれが名高いアルビレオ*25の観測所《かんそくじょ》です。」

　窓の外の、まるで花火でいっぱいのような、あまの川のまん中に、黒い大きな建物が四棟《むね》ばかり立って、その一つの平屋根の上に、眼《め》もさめるような、青宝玉《サファイア》と黄玉《トパース》の大きな二つのすきとおった球《たま》が、輪になってしずかにくるくるとまわっていました。黄いろのがだんだん向こうへまわって行って、青い小さいのがこっちへ進んで来、まもなく二つのはじは、重なり合って、きれいな緑いろの両面凸《とつ》レンズのかたちをつくり、それもだんだん、まん中がふくらみ出して、とうとう青いのは、すっかりトパースの正面に来ましたので、緑の中心と黄いろな明るい環《わ》とができました。それがまただんだん横へ外《そ》れて、前のレンズの形を逆に繰《く》り返し、とうとうすっとはなれて、サファイアは向こうへめぐり、黄いろのはこっちへ進み、またちょうどさっきのようなふうになりました。銀河の、かたちもなく音もない水にかこまれて、ほんとうにその黒い測候所《そっこうじょ》が、睡《ねむ》っているように、しずかによこたわったのです。

「あれは、水の速さをはかる器械です。水も……。」鳥捕《とりと》りがいいかけたとき、

「切符《きっぷ》を拝見《はいけん》いたします。」三人の席の横に、赤い帽子《ぼうし》をかぶったせいの高い車掌《しゃしょう》が、いつかまっすぐに立っていていいました。鳥捕りは、だまってかくし[*26]から、小さな紙きれを出しました。車掌はちょっと見て、すぐ眼《め》をそらして、（あなたがたのは？）というように、指をうごかしながら、手をジョバンニたちの方へ出しました。

「さあ、」ジョバンニは困って、もじもじしていましたら、カムパネルラは、わけもないというふうで、小さな鼠《ねずみ》いろの切符《きっぷ》を出しました。ジョバンニは、すっかりあわててしまって、もしか上着のポケットにでも、入っていたかとおもいながら、手を入れてみましたら、何か大きな畳《たた》んだ紙きれにあたりました。こんなもの入っていたろうかと思って、急いで出してみましたら、それは四つに折ったはがきぐらいの大きさの緑いろの紙でした。車掌《しゃしょう》が手を出しているもんですから何でも構《かま》わない、やっちまえと思って渡しましたら、車掌はまっすぐに立ち直ってていねいにそれを開いて見ていました。そして読みながら上着のぼたんやなんかしきりに直したりしていましたし灯台看守《とうだいかんしゅ》も下からそれを熱心にのぞいていましたから、ジョバンニはたしかにあれは証明書か何かだったと考えて少し胸が熱くなるような気がしました。

「これは三次《さんじ》空間《くうかん》の方からお持ちになったのですか。」車掌《しゃしょう》がたずねました。

つくつ笑いました。

「何だかわかりません。」もう大丈夫《だいじょうぶ》だと安心しながらジョバンニはそっちを見あげてく

「よろしゅうございます。南十字《サウザンクロス》へ着きますのは、次の第三時ころになります。」車掌は紙をジョバンニに渡して向こうへ行きました。

カムパネルラは、その紙切れが何だったか待ちかねたというように急いでのぞきこみました。ジョバンニもまったく早く見たかったのです。ところがそれはいちめん黒い唐草《からくさ》のような模様《もよう》の中に、おかしな十ばかりの字を印刷したものでだまって見ていると何だかその中へ吸い込まれてしまうような気がするのでした。すると鳥捕りが横からちらっとそれを見てあわてたようにいいました。

「おや、こいつは大したもんですぜ。こいつはもう、ほんとうの天上《てんじょう》へさえ行ける切符《きっぷ》だ。天上どこじゃない、どこでも勝手にあるける通行券です。こいつをお持ちになれぁ、なるほど、こんな不完全な幻想第四次《げんそうだいよじ》の銀河鉄道なんか、どこまでも行けるはずでさあ、あなたがた大したもんですね。」

「何だかわかりません。」ジョバンニが赤くなって答えながらそれをまた畳《たた》んでかくしに入れました。そしてきまりが悪いのでカムパネルラと二人、また窓の外をながめていましたが、その鳥捕りの時々大したもんだというようにちらちらこっちを見ているのがぼんや

りわかりました。

「もうじき鷲《わし》の停車場《ていしゃば》だよ。」カムパネルラが向こう岸の、三つならんだ小さな青じろい三角標《さんかくひょう》と地図とを見較《みくら》べていいました。

ジョバンニはなんだかわけもわからずににわかにとなりの鳥捕りが気《き》の毒《どく》でたまらなくなりました。鷺《さぎ》をつかまえてせいせいしたとよろこんだり、白いきれでそれをくるくる包んだり、ひとの切符《きっぷ》をびっくりしたように横目で見てあわててほめだしたり、そんなことを一々《いちいち》考えていると、もうその見ず知らずの鳥捕りのために、ジョバンニの持っているものでも食べるものでもなんでもやってしまいたい、もうこの人のほんとうの幸《さいわい》になるなら自分があの光る天《あま》の川《がわ》の河原《かわら》に立って百年つづけて立って鳥をとってやってもいいというような気がして、どうしてももう黙《だま》っていられなくなりました。ほんとうにあなたのほしいものはいったい何ですか、と訊《き》こうとして、それではあんまり出《だ》し抜《ぬ》けだから、どうしようかと考えて振り返って見ましたら、そこにはもうあの鳥捕りがいませんでした。網棚《あみだな》の上には白い荷物も見えなかったのです。また窓の外で足をふんばってそらを見上げて鷺を捕《と》る支度《したく》をしているのかと思って、急いでそっちを見ましたが、外はいちめんのうつくしい砂子《すなご》と白いすすきの波ばかり、あの鳥捕りの広いせなかも尖《とが》った帽子《ぼうし》も見えませんでした。

「あの人どこへ行ったろう。」カムパネルラもぼんやりそういっていました。

「どこへ行ったろう。いったいどこでまたあうのだろう。僕はどうしても少しあの人に物を言わなかったろう。」

「ああ、僕《ぼく》もそう思っているよ。」

「僕はあの人が邪魔《じゃま》なような気がしたんだ。だから僕は大へんつらい。」ジョバンニはこんな変てこな気もちは、ほんとうにはじめてだし、こんなこと今までいったこともないと思いました。

「何だか苹果《りんご》の匂《にお》いがする。僕いま苹果のこと考えたためだろうか。」カムパネルラが不思議そうにあたりを見まわしました。

「ほんとうに苹果の匂いだよ。それから野茨《のいばら》の匂いもする。」ジョバンニもそこらを見ましたがやっぱりそれは窓からでも入って来るらしいのでした。いま秋だから野茨の花の匂いのするはずはないとジョバンニは思いました。

　そしたらにわかにそこに、つやつやした黒い髪の六つばかりの男の子が赤いジャケツのぼたんもかけずひどくびっくりしたような顔をしてがたがたふるえてはだしで立っていました。隣《とな》りには黒い洋服をきちんと着たせいの高い青年が一ぱいに風に吹かれているけやきの木のような姿勢で、男の子の手をしっかりひいて立っていました。

「あら、ここどこでしょう。まあ、きれいだわ。」青年のうしろにもひとり十二ばかりの眼《め》の茶いろなかわいらしい女の子が黒い外套《がいとう》を着て青年の腕にすがって不思議そうに窓の外を見ているのでした。

「ああ、ここはランカシャイヤだ。いや、コンネクテカット州だ。[*27]いや、ああ、ぼくたちはそらへ来たのだ。わたしたちは天へ行くのです。ごらんなさい。あのしるしは天上《てんじょう》のしるしです。もうなんにもこわいことありません。わたくしたちは神さまに召《め》されているのです。」黒服の青年はよろこびにかがやいてその女の子にいいました。けれどもなぜかまた額《ひたい》に深く皺《しわ》を刻《きざ》んで、それに大へんつかれているらしく、無理に笑いながら男の子をジョバンニのとなりに座らせました。

　それから女の子にやさしくカムパネルラのとなりの席を指さしました。女の子はすなおにそこへ座って、きちんと両手を組み合わせました。

「ぼくおおねえさんのとこへ行くんだよう。」腰掛《こしか》けたばかりの男の子は顔を変にして灯《とう》台看守《だいかんしゅ》の向こうの席に座ったばかりの青年にいいました。青年は何ともいえず悲しそうな顔をして、じっとその子の、ちぢれてぬれた頭を見ました。女の子は、いきなり両手を顔にあてて、しくしく泣いてしまいました。

「お父さんやきくよねえさんはまだいろいろお仕事があるのです。けれどももうすぐあとからいらっしゃいます。それよりも、おっかさんはどんなに永《なが》く待っていらっしゃったでしょう。わたしの大事なタダシはいまどんな歌をうたっているだろう、雪の降る朝にみんなと手をつないでぐるぐるにわとこ[*28]のやぶをまわってあそんでいるだろうかと考えたりほんとうに待って心配していらっしゃるんですから、早く行っておっかさんにお目にかかりましょうね。」

「うん、だけど僕、船に乗らなけぁよかったなあ。」

「ええ、けれど、ごらんなさい、そら、どうです、あの立派《りっぱ》な川、ね、あすこはあの夏じゅう、ツインクル、ツインクル、リトル、スター をうたってやすむとき、いつも窓からぼんやり白く見えていたでしょう。あすこですよ。ね、きれいでしょう、あんなに光っています。」

泣いていた姉もハンケチで眼《め》をふいて外を見ました。青年は教えるようにそっと姉弟《きょうだい》にまたいいました。

「わたしたちはもうなんにもかなしいことないのです。わたしたちはこんないいとこを旅して、じき神さまのとこへ行きます。そこならもうほんとうに明るくて匂《にお》いがよくて立派《りっぱ》な人たちでいっぱいです。そしてわたしたちの代わりにボートへ乗れた人たちは、きっとみんな助けられて、心配して待っているめいめいのお父さんやお母さんや自分のお家《うち》へやら行くのです。さあ、もうじきですから元気を出しておもしろくうたって行きましょう。」青年は男の子のぬれたような黒い髪をなで、みんなを慰《なぐさ》めながら、自分もだんだん顔いろがかがやいて来ました。

「あなたがたはどちらからいらっしゃったのですか。どうなすったのですか。」さっきの灯台看守《とうだいかんしゅ》がやっと少しわかったように青年にたずねました。青年はかすかにわらいました。

「いえ、氷山《ひょうざん》にぶっつかって船が沈《しず》みましてね、わたしたちはこちらのお父さんが急な用で二ヶ月前一足《ひとあし》さきに本国へお帰りになったのであとから発《た》ったのです。私は大学へはいっていて、家庭教師にやとわれていたのです。ところがちょうど十二日目、今日《きょう》か昨日《きのう》のあたりです、船が氷山にぶっつかって一ぺんに傾《かたむ》きもう沈みかけました。月のあかりはどこかぼんやりありましたが、霧《きり》が非常に深かったのです。ところがボートは左舷《さげん》の方半分はもうだめになっていましたから、とてもみんなは乗り切らないのです。もうそのうちにも船は沈みますし、私は必死となって、どうか小さな人たちを乗せてくださいと叫《さけ》びました。近くの人たちはすぐみちを開いてそして子供たちのために祈ってくれました。けれどもそこからボートまでのところにはまだまだ小さな子どもたちや親たちやなんかいて、とても押しのける勇気《ゆうき》がなかったのです。それでもわたくしはどうしてもこの方たちをお助けするのが私の義務《ぎむ》だと思いましたから前にいる子供らを押しのけようとしました。けれどもまたそんなにして助けてあげるよりはこのまま神のお前にみんなで行く方がほんとうにこの方たちの幸福だとも思いました。それからまたその神にそむく罪《つみ》はわたくしひとりでしょってぜひとも助けてあげようと思いました。けれどもどうして見ているとそれができないのでした。子どもらばかりボートの中へはなしてやってお母さんが狂気《きょうき》のようにキスを送りお父さんがかなしいのをじっとこらえてまっすぐに立っているなどとてももう腸《はらわた》もちぎれるようでした。そのうち船はもうずんずん沈みますから、私はもうすっかり覚悟してこの人たち二人を抱いて、浮かべるだけは浮かぼうとかたまって船の沈むのを待っていました。誰《たれ》が投げたかライフブイが一つ飛んで来ましたけれども滑《すべ》ってずうっと向こうへ行ってしまいました。私は一生けん命で甲板《かんぱん》の格子《こうし》になったとこをはなして、三人それにしっかりとりつきました。どこからともなく〔約二字分空白〕番の声があがりました。たちまちみんなはいろいろな国語で一ぺんにそれをうたいました。そのときにわかに大きな音がして私たちは水に落ちました。もう渦《うず》に入ったと思いながらしっかりこの人たちをだいてそれからぼうっとしたと思ったらもうここへ来ていたのです。この方たちのお母さんは一昨年没《な》くなられました。ええボートはきっと助かったにちがいありません、何せよほど熟練《じゅくれん》な水夫《すいふ》たちが漕《こ》いですばやく船からはなれていましたから。」

そこらから小さな嘆息《たんそく》やいのりの声が聞こえジョバンニもカムパネルラもいままで忘れ

ていたいろいろのことをぼんやり思い出して眼《め》が熱くなりました。

（ああ、その大きな海はパシフィック*29というのではなかったろうか。その氷山《ひょうざん》の流れる北のはての海で、小さな船に乗って、風や凍《こお》りつく潮水《しおみず》や、烈《はげ》しい寒さとたたかって、たれかが一生けんめいはたらいている。ぼくはそのひとにほんとうに気《き》の毒《どく》でそしてすまないような気がする。ぼくはそのひとのさいわいのためにいったいどうしたらいいのだろう。）

ジョバンニは首を垂《た》れて、すっかりふさぎ込んでしまいました。

「なにがしあわせかわからないです。ほんとうにどんなつらいことでもそれがただしいみちを進む中でのできごとなら峠《とうげ》の上《のぼ》りも下《くだ》りもみんなほんとうの幸福に近づく一《ひと》あしずつですから。」

　灯台守《とうだいも》りがなぐさめていました。

「ああそうです。ただいちばんのさいわいに至《いた》るためにいろいろのかなしみもみんなおぼしめしです。」青年が祈るようにそう答えました。

　そしてあの姉弟《きょうだい》はもうつかれてめいめいぐったり席によりかかって睡《ねむ》っていました。さっきのあのはだしだった足にはいつか白い柔《やわ》らかな靴《くつ》をはいていたのです。

　ごとごとごとごと汽車はきらびやかな燐光《りんこう》の川の岸を進みました。向こうの方の窓を見ると、野原はまるで幻灯《げんとう》のようでした。百も千もの大小さまざまの三角標《さんかくひょう》、その大きなものの上には赤い点々をうった測量旗《そくりょうき》も見え、野原のはてはそれらがいちめん、たくさん集まってぼおっと青白い霧《きり》のよう、そこからかまたはもっと向こうからかときどきさまざまの形のぼんやりした狼煙《のろし》*30のようなものが、かわるがわるきれいな桔梗《ききょう》いろのそらにうちあげられるのでした。じつにそのすきとおった奇麗《きれい》な風は、ばらの匂《にお》いでいっぱいでした。

「いかがですか。こういう苹果《りんご》はおはじめてでしょう。」向こうの席の灯台看守《とうだいかんしゅ》がいつか黄金《きん》と紅《べに》でうつくしくいろどられた大きな苹果を落とさないように両手で膝《ひざ》の上にかかえていました。

「おや、どっから来たのですか。立派《りっぱ》ですねえ。ここらではこんな苹果《りんご》ができるのですか。」青年はほんとうにびっくりしたらしく灯台看守の両手にかかえられた一《ひと》もりの苹果を眼《め》を細くしたり首をまげたりしながらわれを忘れてながめていました。

「いや、まあおとりください。どうか、まあおとりください。」青年は一つとってジョバンニたちの方をちょっと見ました。「さあ、向こうの坊《ぼっ》ちゃんがた。いかがですか。おとりください。」ジョバンニは坊ちゃんといわれたのですこししゃくにさわってだまっていましたがカムパネルラは「ありがとう、」といいました。すると青年は自分でとって一つずつ二人に送ってよこしましたのでジョバンニも立ってありがとうといいました。

灯台看守はやっと両腕があいたのでこんどは自分で一つずつ睡《ねむ》っている姉弟《きょうだい》の膝《ひざ》にそっと置きました。

「どうもありがとう。どこでできるのですか。こんな立派《りっぱ》な苹果《りんご》は。」

青年はつくづく見ながらいいました。

「この辺ではもちろん農業はいたしますけれども大ていひとりでにいいものができるような約束になっております。農業だってそんなに骨は折れはしません。たいてい自分の望む種子《たね》さえ播《ま》けばひとりでにどんどんできます。米だってパシフィック辺《へん》のように殻《から》もないし十倍も大きくて匂《にお》いもいいのです。けれどもあなたがたのいらっしゃる方なら農業はもうありません。苹果《りんご》だってお菓子《かし》だってかすが少しもありませんからみんなそのひとそのひとによってちがったわずかのいいかおりになって毛あなからちらけてしまうのです。」

にわかに男の子がぱっちり眼《め》をあいていいました。「ああぼくいまおっかさんの夢をみていたよ。おっかさんがね立派《りっぱ》な戸棚《とだな》や本のあるとこにいてね、ぼくの方を見て手をだしてにこにこにこにこわらったよ。ぼくおっかさん。りんごをひろってきてあげましょうかいったら眼がさめちゃった。ああここさっきの汽車のなかだねえ。」

「その苹果《りんご》がそこにあります。このおじさんにいただいたのですよ。」青年がいいました。

「ありがとうおじさん。おや、かおるねえさんまだねてるねえ、ぼくおこしてやろう。ねえさん。ごらん、りんごをもらったよ。おきてごらん。」姉はわらって眼《め》をさましまぶしそうに両手を眼にあててそれから苹果を見ました。男の子はまるでパイを食べるようにもうそれを食べていました、またせっかく剝《む》いたそのきれいな皮も、くるくるコルク抜《ぬ》きのような形になって床《ゆか》へ落ちるまでの間にはすうっと灰いろに光って蒸発《じょうはつ》してしまうのでした。

　二人はりんごを大切にポケットにしまいました。

川下《かわしも》の向こう岸に青く茂《しげ》った大きな林が見え、その枝には熟《じゅく》してまっ赤に光る円《まる》い実がいっぱい、その林のまん中に高い高い三角標《さんかくひょう》が立って、森の中からはオーケストラベル[*31]やジロフォン[*32]にまじって何ともいえずきれいな音《ね》いろが、とけるように浸《し》みるように風につれて流れて来るのでした。

　青年はぞくっとしてからだをふるうようにしました。

　だまってその譜《ふ》を聞いていると、そこらにいちめん黄いろやうすい緑の明るい野原か敷《し》き物《もの》かがひろがり、またまっ白な蠟《ろう》のような露《つゆ》が太陽の面《おもて》を擦《かす》めて行くように思われました。

「まあ、あの烏《からす》。」カムパネルラのとなりのかおると呼ばれた女の子が叫《さけ》びました。

「からすでない。みんなかささぎだ。」カムパネルラがまた何気《なにげ》なく叱《しか》るように叫びましたので、ジョバンニはまた思わず笑い、女の子はきまり悪そうにしました。まったく河原《かわら》の青じろいあかりの上に、黒い鳥がたくさんたくさんいっぱいに列になってとまってじっと川の微光《びこう》を受けているのでした。

「かささぎですねえ、頭のうしろのとこに毛がぴんと延びてますから。」青年はとりなすようにいいました。

向こうの青い森の中の三角標《さんかくひょう》はすっかり汽車の正面に来ました。そのとき汽車のずうっとうしろの方からあの聞きなれた〔約二字分空白〕番の讃美歌《さんびか》のふしが聞こえてきました。よほどの人数で合唱しているらしいのでした。青年はさっと顔いろが青ざめ、たって一ぺんそっちへ行きそうにしましたが思いかえしてまた座りました。かおる子はハンケチを顔にあててしまいました。ジョバンニまで何だか鼻が変になりました。けれどもいつともなく誰《たれ》ともなくその歌は歌い出されだんだんはっきり強くなりました。思わずジョバンニもカムパネルラも一緒にうたい出したのです。

そして青い橄欖《かんらん》の森が見えない天《あま》の川《がわ》の向こうにさめざめと光りながらだんだんうしろの方へ行ってしまいそこから流れて来るあやしい楽器の音ももう汽車のひびきや風の音にすり耗《へ》らされてずうっとかすかになりました。

「あ孔雀《くじゃく》がいるよ。」

「ええたくさんいたわ。」女の子がこたえました。

ジョバンニはその小さく小さくなっていまはもう一つの緑いろの貝ぼたんのように見える森の上にさっさっと青じろく時々光ってその孔雀《くじゃく》がはねをひろげたりとじたりする光の反射を見ました。

「そうだ、孔雀《くじゃく》の声だってさっき聞こえた。」カムパネルラがかおる子にいいました。

「ええ、三十疋《ぴき》ぐらいはたしかにいたわ。ハープのように聞こえたのはみんな孔雀よ。」女の子が答えました。ジョバンニはにわかに何ともいえずかなしい気がして思わず「カムパネルラ、ここからはねおりて遊んで行こうよ。」とこわい顔をしていおうとしたくらいでした。

川は二つにわかれました。そのまっくらな島のまん中に高い高いやぐらが一つ組まれてその上に一人の寛《ゆる》い服を着て赤い帽子《ぼうし》をかぶった男が立っていました。そして両手に赤と青の旗《はた》をもってそらを見上げて信号しているのでした。ジョバンニが見ている間その人はしきりに赤い旗をふっていましたがにわかに赤旗をおろしてうしろにかくすようにし青い旗を高く高くあげてまるでオーケストラの指揮者《しきしゃ》のように烈《はげ》しく振りました。すると空中にざあっと雨のような音がして何かまっくらなものがいくかたまりもいくかたまりも鉄砲《てっぽう》丸《だま》のように川の向こうの方へ飛んで行くのでした。ジョバンニは思わず窓からからだを半分出してそっちを見あげました。美しい美しい桔梗《ききょう》いろのがらんとした空の下を実に何万という小さな鳥どもが幾組《いくくみ》も幾組もめいめいせわしくせわしく鳴いて通って行くのでした。「鳥が飛んで行くな。」ジョバンニが窓の外でいいました。「どら、」カムパネルラもそらを見ました。そのときあのやぐらの上のゆるい服の男はにわかに赤い旗をあげて狂気《きょうき》のようにふりうごかしました。するとぴたっと鳥の群《むれ》は通らなくなりそれと同時にぴしゃぁんという潰《つぶ》れたような音が川下《かわしも》の方で起こってそれからしばらくしいんとしました。と思ったらあの赤帽の信号手《しんごうしゅ》がまた青い旗をふって叫《さけ》んでいたのです。「いまこそわたれわたり鳥《どり》、いまこそわたれわたり鳥。」その声もはっきり聞こえました。それといっしょにまた幾万《いくまん》という鳥の群がそらをまっすぐにかけたのです。二人の顔を出しているまん中の窓からあの女の子が顔を出して美しい頰《ほお》をかがやかせながらそらを仰《あお》ぎました。「まあ、この鳥、たくさんですわねえ、あらまあそらのきれいなこと。」女の子はジョバンニにはなしかけましたけれどもジョバンニは生意気《なまいき》ないやだいと思いながらだまって口をむすんでそらを見あげていました。女の子は小さくほっと息をしてだまって席へ戻《もど》りました。カムパネルラが気《き》の毒《どく》そうに窓から顔を引っ込めて地図を見ていました。

「あの人鳥へ教えてるんでしょうか。」女の子がそっとカムパネルラにたずねました。「わたり鳥《どり》へ信号してるんです。きっとどこからかのろしがあがるためでしょう。」カムパネルラが少しおぼつかなそうに答えました。そして車の中はしぃんとなりました。ジョバンニはもう頭を引っ込めたかったのですけれども明るいとこへ顔を出すのがつらかったのでだまってこらえてそのまま立って口笛《くちぶえ》を吹いていました。

（どうして僕はこんなにかなしいのだろう。僕はもっとこころもちをきれいに大きくもたなければいけない。あすこの岸のずうっと向こうにまるでけむりのような小さな青い火が見える。あれはほんとうにしずかでつめたい。僕はあれをよく見てこころもちをしずめるんだ。）ジョバンニは熱《ほて》って痛いあたまを両手で押さえるようにしてそっちの方を見ました。（ああほんとうにどこまでもどこまでも僕といっしょに行くひとはないだろうか。カムパネルラだってあんな女の子とおもしろそうに談《はな》しているし僕はほんとうにつらいなあ。）ジョバンニの眼はまた泪《なみだ》でいっぱいになり天《あま》の川《がわ》もまるで遠くへ行ったようにぼんやり白く見えるだけでした。

そのとき汽車はだんだん川からはなれて崖《がけ》の上を通るようになりました。向こう岸もまた黒いいろの崖が川の岸を下流に下るにしたがってだんだん高くなって行くのでした。そしてちらっと大きなとうもろこしの木を見ました。その葉はぐるぐるに縮《ちぢ》れ葉の下にはもう美しい緑いろの大きな苞《ほう》が赤い毛を吐いて真珠《しんじゅ》のような実もちらっと見えたのでした。それはだんだん数を増《ま》して来てもういまは列のように崖と線路との間にならび思わずジョバンニが窓から顔を引っ込めて向こう側の窓を見ましたときは美しいそらの野原の地平線のはてまでその大きなとうもろこしの木がほとんどいちめんに植えられてさやさや風にゆらぎその立派《りっぱ》なちぢれた葉のさきからはまるでひるの間にいっぱい日光を吸った金剛石《こんごうせき》のように露《つゆ》がいっぱいについて赤や緑やきらきら燃えて光っているのでした。カムパネルラが「あれとうもろこしだねえ」とジョバンニにいいましたけれどもジョバンニはどうしても気持ちがなおりませんでしたからただぶっきり棒《ぼう》に野原を見たまま「そうだろう。」と答えました。そのとき汽車はだんだんしずかになっていくつかのシグナルとてんてつ器の灯《あかり》を過ぎ小さな停車場《ていしゃば》にとまりました。

その正面の青じろい時計はかっきり第二時を示しその振子《ふりこ》は風もなくなり汽車もうごかずしずかなしずかな野原のなかにカチッカチッと正しく時を刻《きざ》んで行くのでした。

そしてまったくその振子《ふりこ》の音のたえまを遠くの遠くの野原のはてから、かすかなかすかな旋律《せんりつ》が糸のように流れて来るのでした。「新世界交響楽《しんせかいこうきょうがく》だわ。」*33姉がひとりごとのようにこっちを見ながらそっといいました。まったくもう車の中ではあの黒服の丈高《たけたか》い青年も誰《たれ》もみんなやさしい夢を見ているのでした。（こんなしずかないいとこで僕はどうしてもっと愉快《ゆかい》になれないだろう。どうしてこんなにひとりさびしいのだろう。けれどもカムパネルラなんかあんまりひどい、僕といっしょに汽車に乗っていながらまるであんな女の子とばかり談《はな》しているんだもの。僕はほんとうにつらい。）ジョバンニはまた両手で顔を半分かくすようにして向こうの窓のそとを見つめていました。すきとおった硝子《ガラス》のような笛《ふえ》が鳴って汽車はしずかに動き出しカムパネルラもさびしそうに星めぐりの口笛を吹きました。「ええ、ええ、もうこの辺はひどい高原《こうげん》ですから。」うしろの方で誰《たれ》かとしよりらしい人のいま眼《め》がさめたというふうではきはき談《はな》している声がしました。「とうもろこしだって棒《ぼう》で二尺も孔《あな》をあけておいてそこへ播《ま》かないと生《は》えないんです。」「そうですか。川まではよほどありましょうかねえ、」「ええええ河《かわ》までは二千尺《じゃく》から六千尺あります。もうまるでひどい峡谷《きょうこく》になっているんです。」そうそうここはコロラドの高原じゃなかったろうか、ジョバンニは思わずそう思いました。カムパネルラはまださびしそうにひとり口笛《くちぶえ》を吹き、女の子はまるで絹《きぬ》で包んだ苹果《りんご》のような顔いろをしてジョバンニの見る方を見ているのでした。突然とうもろこしがなくなって巨《おお》きな黒い野原がいっぱいにひらけました。新世界交響楽はいよいよはっきり地平線のはてから湧《わ》きそのまっ黒な野原のなかを一人のインデアンが白い鳥の羽根を頭につけたくさんの石を腕と胸にかざり小さな弓に矢を番《つが》えて一目散《いちもくさん》に汽車を追って来るのでした。「あら、インデアンですよ。インデアンですよ。ごらんなさい。」黒服の青年も眼をさましました。ジョバンニもカムパネルラも立ちあがりました。「走って来るわ、あら、走って来るわ。追いかけているんでしょう。」「いいえ、汽車を追ってるんじゃないんですよ。猟《りょう》をするか踊《おど》るかしてるんですよ。」青年はいまどこにいるか忘れたというふうにポケットに手を入れて立ちながらいいました。

まったくインデアンは半分は踊《おど》っているようでした。第一かけるにしても足のふみようがもっと経済もとれ本気にもなれそうでした。にわかにくっきり白いその羽根は前の方へ倒れるようになりインデアンはぴたっと立ちどまってすばやく弓を空にひきました。そこから一羽の鶴《つる》がふらふらと落ちて来てまた走り出したインデアンの大きくひろげた両手に落ちこみました。インデアンはうれしそうに立ってわらいました。そしてその鶴をもってこっちを見ている影《かげ》ももうどんどん小さく遠くなり電しんばしらの碍子《がいし》*35がきらっきらっと続いて二つばかり光ってまたとうもろこしの林になってしまいました。こっち側の窓を見ますと汽車はほんとうに高い高い崖《がけ》の上を走っていてその谷の底には川がやっぱり幅《はば》ひろく明るく流れていたのです。

「ええ、もうこの辺から下りです。何せこんどは一ぺんにあの水面までおりて行くんですから容易じゃありません。この傾斜《けいしゃ》があるもんですから汽車は決して向こうからこっちへは来ないんです。そらもうだんだん早くなったでしょう。」さっきの老人らしい声がいいました。

どんどんどんどん汽車は降りて行きました。崖《がけ》のはじに鉄道がかかるときは川が明るく下にのぞけたのです。ジョバンニはだんだんこころもちが明るくなって来ました。汽車が小さな小屋の前を通ってその前にしょんぼりひとりの子供が立ってこっちを見ているときなどは思わずほうと叫《さけ》びました。

どんどんどんどん汽車は走って行きました。室《へや》じゅうのひとたちは半分うしろの方へ倒れるようになりながら腰掛《こしか》けにしっかりしがみついていました。ジョバンニは思わずカムパネルラとわらいました。もうそして天《あま》の川《がわ》は汽車のすぐ横手をいままでよほど激《はげ》しく流れて来たらしくときどきちらちら光ってながれているのでした。うすあかい河原《かわら》なでしこの花があちこち咲いていました。汽車はようやく落ち着いたようにゆっくりと走っていました。

向こうとこっちの岸に星のかたちとつるはしを書いた旗《はた》がたっていました。

「あれ何の旗《はた》だろうね。」ジョバンニがやっとものをいいました。「さあ、わからないねえ、地図にもないんだもの。鉄の舟がおいてあるねえ。」「ああ。」「橋を架《か》けるとこじゃないんでしょうか。」女の子がいいました。「ああああれ工兵《こうへい》の旗だねえ。架橋演習《かきょうえんしゅう》をしてるんだ。けれど兵隊のかたちが見えないねえ。」

その時向こう岸ちかくの少し下流の方で見えない天《あま》の川《がわ》の水がぎらっと光って柱《はしら》のように高くはねあがりどぉと烈《はげ》しい音がしました。「発破《はっぱ》*36だよ、発破だよ。」カムパネルラはこおどりしました。

その柱《はしら》のようになった水は見えなくなり大きな鮭《さけ》や鱒《ます》がきらっきらっと白く腹を光らせて空中に抛《ほう》り出されて円《まる》い輪を描いてまた水に落ちました。ジョバンニはもうはねあがりたいくらい気持ちが軽くなっていいました。「空の工兵大隊《こうへいだいたい》だ。どうだ、鱒《ます》やなんかがまるでこんなになってはねあげられたねえ。僕こんな愉快《ゆかい》な旅はしたことない。いいねえ。」「あの鱒なら近くで見たらこれくらいあるねえ、たくさんさかないるんだな、この水の中に。」

「小さなお魚もいるんでしょうか。」女の子が談《はなし》につり込まれていいました。「いるんでしょう。大きなのがいるんだから小さいのもいるんでしょう。けれど遠くだからいま小さいの見えなかったねえ。」ジョバンニはもうすっかり機嫌《きげん》が直って面白《おもしろ》そうにわらって女の子に答えました。

「あれきっと双子《ふたご》のお星さまのお宮《みや》だよ。」男の子がいきなり窓の外をさして叫《さけ》びました。

右手の低い丘《おか》の上に小さな水晶《すいしょう》ででもこさえたような二つのお宮がならんで立っていました。

「双子のお星さまのお宮って何だい。」

「あたし前になんべんもお母さんから聴《き》いたわ。ちゃんと小さな水晶《すいしょう》のお宮で二つならんでいるからきっとそうだわ。」

「はなしてごらん。双子のお星さまが何したっての。」

「ぼくも知ってらい。双子のお星さまが野原へ遊びにでてからすと喧嘩《けんか》したんだろう。」

「そうじゃないわよ。あのね、天《あま》の川《がわ》の岸にね、おっかさんお話しなすったわ、……」

「それから彗星《ほうきぼし》がギーギーフーギーギーフーていって来たねえ。」「いやだわたあちゃんそうじゃないわよ。それはべつの方だわ。」「するとあすこにいま笛《ふえ》を吹いているんだろうか。」「いま海へ行ってらあ。」「いけないわよ。もう海からあがっていらっしゃったのよ。」「そうそう。ぼく知ってらあ、ぼくおはなししよう。」

川の向こう岸がにわかに赤くなりました。楊《やなぎ》の木や何かもまっ黒にすかし出され見えない天《あま》の川《がわ》の波もときどきちらちら針《はり》のように赤く光りました。まったく向こう岸の野原に大きなまっ赤な火が燃されその黒いけむりは高く桔梗《ききょう》いろのつめたそうな天をも焦《こ》がしそうでした。ルビーよりも赤くすきとおりリチウムよりもうつくしく酔《よ》ったようになってその火は燃えているのでした。「あれは何の火だろう。あんな赤く光る火は何を燃やせばできるんだろう。」ジョバンニがいいました。「蝎《さそり》の火だな。」*37 カムパネルラがまた地図と首《くび》っ引《び》きして答えました。「あら、蝎の火のことならあたし知ってるわ。」

「蝎の火って何だい。」ジョバンニがききました。「蝎がやけて死んだのよ。その火がいまでも燃えてるってあたし何べんもお父さんから聴《き》いたわ。」「蝎って、虫だろう。」「ええ、蝎は虫よ。だけどいい虫だわ。」「蝎いい虫じゃないよ。僕博物館でアルコールにつけてあるの見た。尾にこんなかぎがあってそれで螫《さ》されると死ぬって先生がいったよ。」「そうよ。だけどいい虫だわ、お父さんこういったのよ。むかしのバルドラの野原に一ぴきの蝎がいて小さな虫やなんか殺してたべて生きていたんですって。するとある日いたちに見付かって食べられそうになったんですって。さそりは一生けん命遁《に》げて遁げたけどとうとういたちに押さえられそうになったわ、そのときいきなり前に井戸《いど》があってその中に落ちてしまったわ、もうどうしてもあがられないでさそりは溺《おぼ》れはじめたのよ。そのときさそりはこういってお祈りしたというの、

ああ、わたしはいままでいくつのものの命をとったかわからない、そしてその私がこんどいたちにとられようとしたときはあんなに一生けん命にげた。それでもとうとうこんなになってしまった。ああなんにもあてにならない。どうしてわたしはわたしのからだをだまっていたちにくれてやらなかったろう。そしたらいたちも一日生きのびたろうに。どうか神さま。私の心をごらんください。こんなにむなしく命をすてずどうかこの次にはまことのみんなの幸《さいわい》のために私のからだをおつかいください。っていったというの。そしたら

いつか蝎はじぶんのからだがまっ赤なうつくしい火になって燃えてよるのやみを照らしているのを見たって。いまでも燃えてるってお父さんおっしゃったわ。ほんとうにあの火それだわ。」

「そうだ。見たまえ。そこらの三角標《さんかくひょう》はちょうどさそりの形にならんでいるよ。」

ジョバンニはまったくその大きな火の向こうに三つの三角標がちょうどさそりの腕のようにこっちに五つの三角標がさそりの尾やかぎのようにならんでいるのを見ました。そしてほんとうにそのまっ赤なうつくしいさそりの火は音なくあかるくあかるく燃えたのです。

その火がだんだんうしろの方になるにつれてみんなは何ともいえずにぎやかなさまざまの楽《がく》の音《ね》や草花の匂《にお》いのようなもの口笛《くちぶえ》や人々のざわざわいう声やらを聞きました。それはもうじきちかくに町か何かがあってそこにお祭りでもあるというような気がするのでした。

「ケンタウル露《つゆ》をふらせ。」いきなりいままで睡《ねむ》っていたジョバンニのとなりの男の子が向こうの窓を見ながら叫《さけ》んでいました。

ああそこにはクリスマストリイのようにまっ青《さお》な唐檜《とうひ》かもみの木がたってその中にはたくさんのたくさんの豆電灯がまるで千の蛍《ほたる》でも集まったようについていていました。

「ああ、そうだ、今夜《こんや》ケンタウル祭《さい》だねえ。」「ああ、ここはケンタウルの村だよ。」カム

パネルラがすぐいいました。〔以下原稿一枚？なし〕

「ボール投げなら僕決してはずさない。」

男の子が大威張《おおいば》りでいいました。

「もうじきサウザンクロスです。おりる支度《したく》をしてください。」青年がみんなにいいました。

「僕も少し汽車へ乗ってるんだよ。」男の子がいいました。カムパネルラのとなりの女の子はそわそわ立って支度をはじめましたけれどもやっぱりジョバンニたちとわかれたくないようなようすでした。

「ここでおりなけぁいけないのです。」青年はきちっと口を結《むす》んで男の子を見おろしながらいいました。「厭《いや》だい。僕もう少し汽車へ乗ってから行くんだい。」ジョバンニがこらえかねていいました。「僕たちと一緒に乗って行こう。僕たちどこまでだって行ける切符《きっぷ》持ってるんだ。」「だけどあたしたちもうここで降りなけぁいけないのよ。ここ天上《てんじょう》へ行くとこなんだから。」女の子がさびしそうにいいました。

「天上へなんか行かなくたっていいじゃないか。ぼくたちここで天上よりももっといいとこをこさえなけぁいけないって僕の先生がいったよ。」「だっておっかさんも行ってらっしゃるしそれに神さまがおっしゃるんだわ。」「そんな神さまうその神さまだい。」「あなたの神さまうその神さまよ。」「そうじゃないよ。」「あなたの神さまってどんな神さまですか。」青年は笑いながらいいました。「ぼくほんとうはよく知りません、けれどもそんなんでなしにほんとうのたった一人の神さまです。」「ほんとうの神さまはもちろんたった一人です。」「ああ、そんなんでなしにたったひとりのほんとうのほんとうの神さまです。」「だからそうじゃありませんか。わたくしはあなたがたがいまにそのほんとうの神さまの前にわたくしたちとお会いになることを祈ります。」青年はつつましく両手を組みました。女の子もちょうどその通りにしました。みんなほんとうに別れが惜《お》しそうでその顔いろも少し青ざめて見えました。ジョバンニはあぶなく声をあげて泣き出そうとしました。

「さあもう仕度《したく》はいいんですか。じきサウザンクロスですから。」

　ああそのときでした。見えない天《あま》の川《がわ》のずうっと川下《かわしも》に青や橙《だいだい》やもうあらゆる光でちりばめられた十字架《じゅうじか》がまるで一本の木というふうに川の中から立ってかがやきその上には青じろい雲がまるい環《わ》になって後光《ごこう》のようにかかっているのでした。汽車の中がまるでざわざわしました。みんなあの北の十字のときのようにまっすぐに立ってお祈りをはじめました。あっちにもこっちにも子供が瓜《うり》に飛びついたときのようなよろこびの声や何ともいいようない深いつつましいためいきの音ばかりきこえました。そしてだんだん十字架は窓の正面になりあの苹果《りんご》の肉のような青じろい環の雲もゆるやかにゆるやかに繞《めぐ》っているのが見えました。

「ハルレヤハルレヤ。」明るくたのしくみんなの声はひびきみんなはそのそらの遠くからつめたいそらの遠くからすきとおった何ともいえずさわやかなラッパの声をききました。そしてたくさんのシグナルや電灯の灯《あかり》のなかを汽車はだんだんゆるやかになりとうとう十字架のちょうどま向かいに行ってすっかりとまりました。「さあ、下りるんですよ。」青年は男の子の手をひきだんだん向こうの出口の方へ歩き出しました。「じゃさよなら。」女の子がふりかえって二人にいいました。「さよなら。」ジョバンニはまるで泣き出したいのをこらえて怒《おこ》ったようにぶっきり棒《ぼう》にいいました。女の子はいかにもつらそうに眼を大きくしても一度こっちをふりかえってそれからあとはもうだまって出て行ってしまいました。汽車の中はもう半分以上も空《あ》いてしまいにわかにがらんとしてさびしくなり風がいっぱいに吹き込みました。

そして見ているとみんなはつつましく列を組んであの十字架の前の天《あま》の川《がわ》のなぎさにひざまずいていました。そしてその見えない天の川の水をわたってひとりの神々《こうごう》しい白いきものの人が手をのばしてこっちへ来るのを二人は見ました。けれどもそのときはもう硝子《ガラス》の呼子《よびこ》は鳴らされ汽車はうごき出しと思ううちに銀いろの霧《きり》が川下《かわしも》の方からすうっと流れて来てもうそっちは何も見えなくなりました。ただたくさんのくるみの木が葉をさんさんと光らしてその霧の中に立ち黄金《きん》の円光《えんこう》をもった電気栗鼠《でんきりす》がかわいい顔をその中からちらちらのぞいているだけでした。

そのときすうっと霧《きり》がはれかかりました。どこかへ行く街道《かいどう》らしく小さな電灯の一列についた通りがありました。それはしばらく線路に沿って進んでいました。そして二人がそのあかしの前を通って行くときはその小さな豆いろの火はちょうど挨拶《あいさつ》でもするようにぽかっと消え二人が過ぎて行くときまた点《つ》くのでした。

ふりかえって見るとさっきの十字架《じゅうじか》はすっかり小さくなってしまいほんとうにもうそのまま胸にも吊《つ》るされそうになり、さっきの女の子や青年たちがその前の白い渚《なぎさ》にまだひざまずいているのかそれともどこか方角もわからないその天上《てんじょう》へ行ったのかぼんやりして見分けられませんでした。

ジョバンニはああと深く息しました。「カムパネルラ、また僕たち二人きりになったねえ、どこまでもどこまでも一緒に行こう。僕はもうあのさそりのようにほんとうにみんなの幸《さいわい》のためならば僕のからだなんか百ぺん灼《や》いてもかまわない。」

「うん。僕だってそうだ。」

カムパネルラの眼《め》にはきれいな涙がうかんでいました。「けれどもほんとうのさいわいはいったい何だろう。」ジョバンニがいいました。「僕わからない。」カムパネルラがぼんやりいいました。

「僕たちしっかりやろうねえ。」ジョバンニが胸いっぱい新しい力が湧《わ》くようにふうと息をしながらいいました。

「あ、あすこ石炭袋《せきたんぶくろ》*38だよ。そらの孔《あな》だよ。」カムパネルラが少しそっちを避《さ》けるようにしながら天《あま》の川《がわ》のひとところを指さしました。ジョバンニはそっちを見てまるでぎくっとしてしまいました。天の川の一《ひと》とこに大きなまっくらな孔がどおんとあいているのです。その底がどれほど深いかその奥に何があるかいくら眼《め》をこすってのぞいてもなんにも見えずただ眼がしんしんと痛むのでした。ジョバンニがいいました。「僕もうあんな大きな暗《やみ》の中だってこわくない。きっとみんなのほんとうのさいわいをさがしに行く。どこまでもどこまでも僕たち一緒に進んで行こう。」「ああきっと行くよ。ああ、あすこの野原はなんてきれいだろう。みんな集まってるねえ。あすこがほんとうの天上《てんじょう》なんだ。あっあすこにいるのぼくのお母さんだよ。」カムパネルラはにわかに窓の遠くに見えるきれいな野原を指《さ》して叫《さけ》びました。

ジョバンニもそっちを見ましたけれどもそこはぼんやり白くけむっているばかりどうし

てもカムパネルラがいったように思われませんでした。何ともいえずさびしい気がしてぼんやりそっちを見ていましたら向こうの河岸《かわぎし》に二本の電信ばしらがちょうど両方から腕を組んだように赤い腕木《うでぎ》をつらねて立っていました。「カムパネルラ、僕たち一緒に行こうねえ。」ジョバンニがこういいながらふりかえって見ましたらそのいままでカムパネルラの座っていた席にもうカムパネルラの形は見えずただ黒いびろうどばかりひかっていました。ジョバンニはまるで鉄砲丸《てっぽうだま》のように立ちあがりました。そして誰《たれ》にも聞こえないように窓の外へからだを乗り出して力いっぱいはげしく胸をうって叫《さけ》びそれからもう咽喉《のど》いっぱい泣きだしました。もうそこらが一ぺんにまっくらになったように思いました。

ジョバンニは眼《め》をひらきました。もとの丘《おか》の草の中につかれてねむっていたのでした。胸は何だかおかしく熱《ほて》り頬《ほお》にはつめたい涙がながれていました。

ジョバンニはばねのようにはね起きました。町はすっかりさっきの通りに下でたくさんの灯《あかり》を綴《つづ》ってはいましたがその光はなんだかさっきよりは熟《じゅく》したというふうでした。そしてたったいま夢であるいた天《あま》の川《がわ》もやっぱりさっきの通りに白くぼんやりかかりまっ黒な南の地平線の上では殊《こと》にけむったようになってその右には蠍座《さそりざ》の赤い星がうつくしくきらめき、そらぜんたいの位置はそんなに変わってもいないようでした。

ジョバンニはいっさんに丘《おか》を走って下《くだ》りました。まだ夕ごはんをたべないで待っているお母さんのことが胸いっぱいに思いだされたのです。どんどん黒い松《まつ》の林の中を通ってそれからほの白い牧場《ぼくじょう》の柵《さく》をまわってさっきの入口から暗い牛舎《ぎゅうしゃ》の前へまた来ました。そこには誰《たれ》かがいま帰ったらしくさっきなかった一つの車が何かの樽《たる》を二つ乗っけて置いてありました。

「こんばんは、」ジョバンニは叫《さけ》びました。

「はい。」白い太いずぼんをはいた人がすぐ出て来て立ちました。

「何のご用ですか。」

「今日《きょう》牛乳がぼくのところへ来なかったのですが」

「あすみませんでした。」その人はすぐ奥へ行って一本の牛乳瓶《びん》をもって来てジョバンニに渡しながらまたいいました。

「ほんとうに、すみませんでした。今日はひるすぎうっかりしてこうしの柵《さく》をあけておいたもんですから大将《たいしょう》さっそく親牛のところへ行って半分ばかり呑《の》んでしまいましてね……」その人はわらいました。

「そうですか。ではいただいて行きます。」「ええ、どうもすみませんでした。」「いいえ。」ジョバンニはまだ熱い乳《ちち》の瓶《びん》を両方のてのひらで包むようにもって牧場《ぼくじょう》の柵を出ました。

そしてしばらく木のある町を通って大通りへ出てまたしばらく行きますとみちは十文字《じゅうもんじ》になってその右手のほう通りのはずれにさっきカムパネルラたちのあかりを流しに行った川へかかった大きな橋のやぐらが夜のそらにぼんやり立っていました。

ところがその十字になった町かどや店の前に女たちが七、八人ぐらいずつ集まって橋の方を見ながら何かひそひそ談《はな》しているのです。それから橋の上にもいろいろなあかりがいっぱいなのでした。

ジョバンニはなぜかさあっと胸が冷たくなったように思いました。そしていきなり近くの人たちへ

「何かあったんですか。」と叫《さけ》ぶようにききました。

「こどもが水へ落ちたんですよ。」一人がいいますとその人たちはいっせいにジョバンニの方を見ました。ジョバンニはまるで夢中《むちゅう》で橋の方へ走りました。橋の上は人でいっぱいで河《かわ》が見えませんでした。白い服を着た巡査《じゅんさ》も出ていました。

ジョバンニは橋の袂《たもと》から飛ぶように下の広い河原《かわら》へおりました。

その河原の水際《みずぎわ》に沿ってたくさんのあかりがせわしくのぼったり下《くだ》ったりしていました。向こう岸の暗いどてにも火が七つ八つうごいていました。そのまん中をもう烏瓜《からすうり》のあかり

もない川が、わずかに音をたてて灰いろにしずかに流れていたのでした。

河原のいちばん下流の方へ洲《す》のようになって出たところに人の集まりがくっきりまっ黒に立っていました。ジョバンニはどんどんそっちへ走りました。するとジョバンニはいきなりさっきカムパネルラといっしょだったマルソに会いました。マルソがジョバンニに走り寄ってきました。「ジョバンニ、カムパネルラが川へはいったよ。」「どうして、いつ。」「ザネリがね、舟の上から烏《からす》うりのあかりを水の流れる方へ押してやろうとしたんだ。そのとき舟がゆれたもんだから水へ落っこったろう。するとカムパネルラがすぐ飛びこんだんだ。そしてザネリを舟の方へ押してよこした。ザネリはカトウにつかまった。けれどもあとカムパネルラが見えないんだ。」「みんな探《さが》してるんだろう。」「ああすぐみんな来た。カムパネルラのお父さんも来た。けれども見付からないんだ。ザネリはうちへ連れられてった。」ジョバンニはみんなのいるそっちの方へ行きました。そこに学生たち町の人たちに囲まれて青じろい尖《とが》ったあごをしたカムパネルラのお父さんが黒い服を着てまっすぐに立って右手に持った時計をじっと見つめていたのです。

みんなもじっと河《かわ》を見ていました。誰《たれ》も一言《ひとこと》も物をいう人もありませんでした。ジョバンニはわくわくわくわく足がふるえました。魚をとるときのアセチレンランプがたくさんせわしく行ったり来たりして黒い川の水はちらちら小さな波をたてて流れているのが見えるのでした。

下流の方の川はば一ぱい銀河が巨《おお》きく写ってまるで水のないそのままのそらのように見えました。

ジョバンニはそのカムパネルラはもうあの銀河のはずれにしかいないというような気がしてしかたなかったのです。

けれどもみんなはまだ、どこかの波の間から、

「ぼくずいぶん泳いだぞ。」といいながらカムパネルラが出て来るかあるいはカムパネルラがどこかの人の知らない洲《す》にでも着いて立っていて誰《たれ》かの来るのを待っているかというような気がしてしかたないらしいのでした。けれどもにわかにカムパネルラのお父さんがきっぱりいいました。

「もう駄目《だめ》です。落ちてから四十五分たちましたから。」

ジョバンニは思わずかけよって博士《はかせ》の前に立って、ぼくはカムパネルラの行った方を知っていますぼくはカムパネルラといっしょに歩いていたのですといおうとしましたがもうのどがつまって何ともいえませんでした。すると博士はジョバンニが挨拶《あいさつ》に来たとでも思ったものですか、しばらくしげしげジョバンニを見ていましたが
「あなたはジョバンニさんでしたね。どうも今晩《こんばん》はありがとう。」とていねいにいいまし

た。

ジョバンニは何もいえずにただおじぎをしました。

「あなたのお父さんはもう帰っていますか。」博士は堅《かた》く時計を握《にぎ》ったままたききました。

「いいえ。」ジョバンニはかすかに頭をふりました。

「どうしたのかなあ。ぼくには一昨日《おととい》大へん元気な便《たよ》りがあったんだが。今日《きょう》あたりもう着くころなんだが。船が遅れたんだな。ジョバンニさん。あした放課後みなさんとうちへ遊びに来てくださいね。」

そういいながら博士はまた川下《かわしも》の銀河のいっぱいにうつった方へじっと眼《め》を送りました。ジョバンニはもういろいろなことで胸がいっぱいでなんにもいえずに博士の前をはなれて早くお母さんに牛乳を持って行ってお父さんの帰ることを知らせようと思うともう一目散《いちもくさん》に河原《かわら》を街の方へ走りました。

雪《ゆき》渡《わた》り

雪渡り　その一（小狐《こぎつね》の紺三郎《こんざぶろう》）

雪がすっかり凍《こお》って大理石《だいりせき》よりも堅《かた》くなり、空も冷たい滑《なめ》らかな青い石の板で出来ているらしいのです。

「堅雪《かたゆき》かんこ、しみ雪しんこ。」

お日様がまっ白に燃えて百合《ゆり》の匂《にお》いを撒《ま》きちらしました雪をぎらぎら照らしました。

木なんかみんなザラメを掛けたように霜《しも》でぴかぴかしています。

「堅雪《かたゆき》かんこ、凍《し》み雪《ゆき》しんこ。」四郎《しろう》とかん子《こ》とは小さな雪沓《ゆきぐつ》をはいてキックキックキックキック、野原に出ました。

こんな面白《おもしろ》い日が、またとあるでしょうか。いつもは歩けない黍《きび》の畑の中でも、すすきでいっぱいだった野原の上でも、すきな方へどこまででも行けるのです。平らなことはまるで一枚の板です。そしてそれがたくさんの小さな小さな鏡《かがみ》のようにキラキラキラキラ光るのです。

「堅雪《かたゆき》かんこ、凍《し》み雪《ゆき》しんこ。」

二人は森の近くまで来ました。大きな柏《かしわ》の木は枝も埋《うず》まるくらい立派《りっぱ》な透《す》きとおった氷柱《つらら》を下げて重そうに身体《からだ》を曲げておりました。

「堅雪《かたゆき》かんこ、凍《し》み雪《ゆき》しんこ。狐《きつね》の子ぁ、嫁《よめ》ぃほしい、ほしい。」と二人は森へ向いて高く叫《さけ》びました。

しばらくしいんとしましたので二人はも一度叫ぼうとして息をのみこんだとき森の中から

「凍《し》み雪《ゆき》しんしん、堅雪《かたゆき》かんかん。」といいながら、キシリキシリ雪をふんで白い狐の子が出て来ました。

四郎は少しぎょっとしてかん子をうしろにかばって、しっかり足をふんばって叫びました。

「狐《きつね》こんこん白狐《しろぎつね》、お嫁《よめ》ほしけりゃ、とってやろよ。」

すると狐がまだまるで小さいくせに銀の針《はり》のようなおひげをピンと一つひねっていいました。

「四郎はしんこ、かん子はかんこ、おらはお嫁はいらないよ。」

四郎が笑っていいました。

「狐《きつね》こんこん、狐の子、お嫁がいらなきゃ餅《もち》やろか。」すると狐の子も頭を二つ三つ振って面白《おもしろ》そうにいいました。

「四郎はしんこ、かん子はかんこ、黍《きび》の団子《だんご》をおれやろか。」

かん子もあんまり面白いので四郎のうしろにかくれたままそっと歌いました。

「狐《きつね》こんこん狐の子、狐の団子《だんご》は兎《うさ》のくそ。」

すると小狐紺三郎《こぎつねこんざぶろう》が笑っていいました。

「いいえ、決してそんなことはありません。あなたがたのような立派《りっぱ》なお方が兎《うさぎ》の茶色の団子《だんご》なんか召《め》しあがるもんですか。私らはぜんたいいままで人をだますなんてあんまりむじつの罪《つみ》をきせられていたのです。」

四郎がおどろいて尋《たず》ねました。

「そいじゃきつねが人をだますなんて偽《うそ》かしら。」

紺三郎が熱心にいいました。

「偽《うそ》ですとも。けだし[*1]最もひどい偽《うそ》です。だまされたという人はたいていお酒に酔《よ》ったり、臆病《おくびょう》でくるくるしたりした人です。面白《おもしろ》いですよ。甚兵衛《じんべえ》さんがこの前、月夜の晩私たちのお家《うち》の前に坐《すわ》って一晩じょうるりをやりましたよ。私らはみんな出て見たのです。」

四郎が叫《さけ》びました。

「甚兵衛さんならじょうるりじゃないや。きっと浪花《なにわ》ぶしだぜ。」

子狐《こぎつね》紺三郎はなるほどという顔をして、

「ええ、そうかもしれません。とにかくお団子《だんご》をおあがりなさい。私のさしあげるのは、ちゃんと私が畑を作って播《ま》いて草をとって刈《か》って叩《たた》いて粉《こな》にして練《ね》ってむしてお砂糖《さとう》をかけたのです。いかがですか。一皿《ひとさら》さしあげましょう。」

といいました。

と四郎が笑って、

「紺三郎さん、僕《ぼく》らはちょうどいまね、お餅《もち》をたべて来たんだからおなかが減《へ》らないんだよ。この次におよばれしようか。」

子狐《こぎつね》の紺三郎が嬉《うれ》しがってみじかい腕をばたばたしていいました。

「そうですか。そんなら今度《こんど》幻灯《げんとう》会*2のときさしあげましょう。幻灯会にはきっといらっしゃい。この次の雪の凍《こお》った月夜の晩です。八時からはじめますから、入場券をあげておきましょう。何枚あげましょうか。」

「そんなら五枚おくれ。」と四郎がいいました。

「五枚ですか。あなたがたが二枚にあとの三枚はどなたですか。」と紺三郎がいいました。

「兄《にい》さんたちだ。」と四郎が答えますと、

「兄さんたちは十一歳以下ですか。」と紺三郎がまた尋《たず》ねました。

「いや小兄《ちいにい》さんは四年生だからね、八つの四つで十二歳。」と四郎がいいました。

するとと紺三郎はもっともらしくまたおひげを一つひねっていいました。

「それでは残念ですが兄さんたちはお断わりです。あなた方だけいらっしゃい。特別席をとっておきますから、面白《おもしろ》いんですよ。幻灯《げんとう》は第一が『お酒をのむべからず。』これはあなたの村の太右衛門《たえもん》さんと、清作《せいさく》さんがお酒をのんでとうとう目がくらんで野原にあるへんてこなおまんじゅうや、おそばを食べようとしたところです。私も写真の中にうつっています。第二が『わなに注意せよ。』これは私どものこん兵衛《べえ》が野原でわなにかかったのを画《か》いたのです。絵です。写真ではありません。第三が『火を軽べつすべからず。』これは私どものこん助《すけ》があなたのお家《うち》へ行って尻尾《しっぽ》を焼いた景色《けしき》です。ぜひおいでください。」

二人は悦《よろこ》んでうなずきました。

狐《きつね》は可笑《おか》しそうに口を曲げて、キックキックトントンキックキックトントンと足ぶみをはじめてしっぽと頭を振ってしばらく考えていましたがやっと思いついたらしく、両手を振って調子をとりながら歌いはじめました。

「凍《し》み雪《ゆき》しんこ、堅雪《かたゆき》かんこ、

野原のまんじゅうはポッポッポ。

酔《よ》ってひょろひょろ太右衛門が、
　去年、三十八、たべた。

凍み雪しんこ、堅雪かんこ、
　野原のおそばはホッホッホ。

酔ってひょろひょろ清作が、
　去年十三ばいたべた。」

四郎もかん子もすっかり釣《つ》り込まれてもう狐と一緒に踊《おど》っています。

キック、キック、トントン。キック、キック、トントン。キック、キック、キック、キック、トントントン。

四郎が歌いました。

「狐《きつね》こんこん狐の子、去年狐のこん兵衛が、ひだりの足をわなに入れ、こんこんばたばたこんこんこん。」

かん子が歌いました。

「狐こんこん狐の子、去年狐のこん助が、焼いた魚を取ろとしておしりに火がつききゃんきゃんきゃん。」

キック、キック、トントン。キック、キック、トントン。キック、キック、キック、キックトンントン。

そして三人は踊《おど》りながらだんだん林の中にはいって行きました。赤い封蠟細工《ふうろうざいく》*3のほおの木の芽が、風に吹かれてピッカリピッカリと光り、林の中の雪には藍色《あいいろ》の木の影《かげ》がいちめん網《あみ》になって落ちて日光のあたる所には銀の百合《ゆり》が咲いたように見えました。*4

すると子狐《こぎつね》紺三郎がいいました。

「鹿《しか》の子もよびましょうか。鹿の子はそりゃ笛《ふえ》がうまいんですよ。」

四郎とかん子とは手を叩《たた》いてよろこびました。そこで三人は一緒に叫《さけ》びました。

「堅雪《かたゆき》かんこ、凍《し》み雪《ゆき》しんこ、鹿《しか》の子ぁ嫁《よめ》ぃほしいほしい。」

すると向こうで、

「北風《きたかぜ》ぴいぴい風三郎《かぜさぶろう》、西風《にしかぜ》どうどう又三郎《またさぶろう》」と細いいい声がしました。

狐《きつね》の子の紺三郎がいかにもばかにしたように、口を尖《とが》らしていいました。

「あれは鹿《しか》の子です。あいつは臆病《おくびょう》ですからとてもこっちへ来そうにありません。けれどもう一遍叫《いっぺんさけ》んでみましょうか。」

そこで三人はまた叫びました。

「堅雪かんこ、凍み雪しんこ、しかの子ぁ嫁ほしい、ほしい。」

するとこ今度《こんど》はずうっと遠くで風の音か笛《ふえ》の声か、または鹿の子の歌かこんなように聞こえました。

「北風ぴいぴい、かんこかんこ
　西風どうどう、どっこどっこ。」
狐《きつね》がまたひげをひねっていいました。
「雪が柔《やわ》らかになるといけませんからもうお帰りなさい。今度月夜に雪が凍《こお》ったらきっとおいでください。さっきの幻灯《げんとう》をやりますから。」
そこで四郎とかん子とは
「堅雪《かたゆき》かんこ、凍《し》み雪《ゆき》しんこ。」と歌いながら銀の雪を渡っておうちへ帰りました。
「堅雪かんこ、凍み雪しんこ。」

雪渡り　その二（狐小学校の幻灯会）

青白い大きな十五夜《じゅうごや》のお月様がしずかに氷《ひ》の上山《かみやま》から登りました。

雪はチカチカ青く光り、そして今日《きょう》も寒水石《かんすいせき》*5のように堅《かた》く凍《こお》りました。

四郎は狐《きつね》の紺三郎《こんざぶろう》との約束を思い出して妹のかん子にそっといいました。

「今夜《こんや》狐の幻灯会《げんとうかい》なんだね。行こうか。」

するとかん子は、

「行きましょう。行きましょう。狐こんこん狐の子、こんこん狐の紺三郎。」とはねあがって高く叫《さけ》んでしまいました。

すると二番目の兄《にい》さんの二郎《じろう》が

「おまえたちは狐《きつね》のとこへ遊びに行くのかい。僕《ぼく》も行きたいな。」といいました。

四郎は困ってしまって肩をすくめていいました。

「大兄《おおにい》さん。だって、狐の幻灯会は十一歳までですよ、入場券に書いてあるんだもの。」

二郎がいいました。

「どれ、ちょっとお見せ、ははあ、学校生徒の父兄《ふけい》にあらずして十二歳以上の来賓《らいひん》は入場をお断わり申し候《そろ》、狐なんてなかなかうまくやってるね。僕はいけないんだね。しかたないや。おまえたち行くんならお餅《もち》を持って行っておやりよ。そら、この鏡餅《かがみもち》がいいだろう。」

四郎とかん子はそこで小さな雪沓《ゆきぐつ》をはいてお餅をかついで外に出ました。

兄弟《きょうだい》の一郎二郎三郎は戸口に並《なら》んで立って、

「行っておいで。大人《おとな》の狐《きつね》にあったら急いで目をつぶるんだよ。そら僕ら囃《はや》してやろうか。堅雪《かたゆき》かんこ、凍《し》み雪《ゆき》しんこ、狐の子ぁ嫁《よめ》ぃほしいほしい。」と叫《さけ》びました。

お月様は空に高く登り森は青白いけむりに包まれています。二人はもうその森の入口に来ました。

すると胸にどんぐりのきしょう*6をつけた白い小さな狐《きつね》の子が立っていていいました。

「こんばんは。おはようございます。入場券はお持ちですか。」

「持っています。」二人はそれを出しました。

「さあ、どうぞあちらへ。」狐の子がもっともらしくからだを曲げて眼《め》をパチパチしながら林の奥を手で教えました。

林の中には月の光が青い棒《ぼう》を何本も斜《なな》めに投げ込んだように射《さ》しておりました。その中のあき地に二人は来ました。

見るともう狐《きつね》の学校生徒がたくさん集まって栗《くり》の皮をぶっつけ合ったりすもうをとったり殊《こと》におかしいのは小さな小さな鼠ぐらいの狐の子が大きな子供の狐の肩車《かたぐるま》に乗ってお星様を取ろうとしているのです。

みんなの前の木の枝に白い一枚の敷布《しきふ》がさがっていました。

不意にうしろで

「こんばんは、よくおいででした。先日は失礼いたしました。」という声がしますので四郎とかん子とはびっくりして振り向いて見ると紺三郎です。

紺三郎なんかまるで立派《りっぱ》な燕尾服《えんびふく》を着て水仙《すいせん》の花を胸につけてまっ白なはんけちでしきりにその尖《とが》ったお口を拭《ふ》いているのです。

四郎はちょっとおじぎをしていいました。

「この間は失敬《しっけい》。それから今晩《こんばん》はありがとう。このお餅《もち》をみなさんであがってください。」

狐《きつね》の学校生徒はみんなこっちを見ています。

紺三郎は胸を一杯に張ってすまして餅を受けとりました。

「これはどうもおみやげを戴《いただ》いてすみません。どうかごゆるりとなすってください。もうすぐ幻灯《げんとう》もはじまります。私はちょっと失礼いたします。」

紺三郎はお餅を持って向こうへ行きました。

狐の学校生徒は声をそろえて叫《さけ》びました。

「堅雪《かたゆき》かんこ、凍《し》み雪《ゆき》しんこ、硬《かた》いお餅《もち》はかったらこ、白いお餅はべったらこ。」

幕《まく》の横に、

「寄贈《きぞう》、お餅たくさん、人の四郎氏、人のかん子氏」と大きな札《ふだ》が出ました。狐の生徒は悦《よろこ》んで手をパチパチ叩《たた》きました。

その時ピーと笛《ふえ》が鳴りました。

紺三郎がエヘンエヘンとせきばらいをしながら幕《まく》の横から出て来てていねいにおじぎをしました。みんなはしんとなりました。

「今夜《こんや》は美しい天気です。お月様はまるで真珠《しんじゅ》のお皿です。お星さまは野原の露《つゆ》がキラキラ固《かた》まったようです。さて只今《ただいま》から幻灯会をやります。みなさんは瞬《また》きやくしゃみをしないで目をまんまろに開いて見ていてください。

それから今夜は大切な二人のお客さまがありますからどなたも静かにしないといけません。決してそっちの方へ栗《くり》の皮を投げたりしてはなりません。開会の辞《じ》です。」

みんな悦《よろこ》んでパチパチ手を叩《たた》きました。そして四郎がかん子にそっといいました。

「紺三郎さんはうまいんだね。」

笛《ふえ》がピーと鳴りました。

『お酒をのむべからず』大きな字が幕《まく》にうつりました。そしてそれが消えて写真がうつりました。一人のお酒に酔《よ》った人間のおじいさんが何かおかしな円《まる》いものをつかんでいる景《け》色《しき》です。

みんなは足ぶみをして歌いました。

キックキックトントンキックキックトントン

凍《し》み雪《ゆき》しんこ、堅雪《かたゆき》かんこ、

野原のまんじゅうはぽっぽっぽ
酔《よ》ってひょろひょろ太右衛門《たえもん》が
去年、三十八たべた。

キックキックキックキックトントントン

写真が消えました。四郎はそっとかん子にいいました。
「あの歌は紺三郎さんのだよ。」
別に写真がうつりました。一人のお酒に酔《よ》った若い者がほおの木の葉でこしらえたお椀《わん》のようなものに顔をつっ込んで何か食べています。紺三郎が白い袴《はかま》をはいて向こうで見ているけしきです。

みんなは足踏みをして歌いました。

キックキックトントン、キックキックキック、トントントン、
凍《し》み雪《ゆき》しんこ、堅雪《かたゆき》かんこ、
野原のおそばはぽっぽっぽ、
酔《よ》ってひょろひょろ清作が
去年十三ばい食べた。
キック、キック、キック、キック、トン、トン、トン。

写真が消えてちょっとやすみになりました。

かわいらしい狐《きつね》の女の子が黍団子《きびだんご》をのせたお皿を二つ持って来ました。

四郎はすっかり弱ってしまいました。なぜってたった今太右衛門と清作との悪いものを知らないで食べたのを見ているのですから。

それに狐の学校生徒がみんなこっちを向いて「食うだろうか。ね。食うだろうか。」なんてひそひそ話し合っているのです。かん子ははずかしくてお皿を手に持ったまままっ赤になってしまいました。すると四郎が決心していいました。

「ね、食べよう。お食べよ。僕は紺三郎さんが僕らを欺《だま》すなんて思わないよ。」そして二人は黍団子をみんな食べました。そのおいしいことは頬《ほ》っぺたも落ちそうです。狐の学校生徒はもうあんまり悦《よろこ》んでみんな踊《おど》りあがってしまいました。

キックキックトントン、キックキックトントン。

「ひるはカンカン日のひかり
よるはツンツン月あかり、
たとえからだを、さかれても
狐《きつね》の生徒はうそいうな。」

キック、キックトントン、キックキックトントン。

「ひるはカンカン日のひかり
　よるはツンツン月あかり
　たとえこごえて倒《たお》れても
　狐の生徒はぬすまない。」
キックキックトントン、キックキックトントン。
「ひるはカンカン日のひかり
　よるはツンツン月あかり
　たとえからだがちぎれても
　狐の生徒はそねまない。」
キックキックトントン、キックキックトントン。
四郎もかん子もあんまり嬉《うれ》しくて涙がこぼれました。
笛《ふえ》がピーとなりました。
『わなを軽べつすべからず』と大きな字がうつりそれが消えて絵がうつりました。狐のこん兵衛《べえ》がわなに左足をとられた景色《けしき》です。
「狐《きつね》こんこん狐の子、去年狐のこん兵衛が
　左の足をわなに入れ、こんこんばたばた

こんこんこん。」

とみんなが歌いました。

四郎がそっとかん子にいいました。

「僕の作った歌だねい。」

絵が消えて『火を軽べつすべからず』という字があらわれました。それも消えて絵がうつりました。狐《きつね》のこん助《すけ》が焼いたお魚を取ろうとしてしっぽに火がついたところです。

狐の生徒がみな叫《さけ》びました。

「狐こんこん狐の子。去年狐のこん助が
焼いた魚を取ろとしておしりに火がつき
きゃんきゃんきゃん。」

笛がピーと鳴り幕《まく》は明るくなって紺三郎がまた出て来ていいました。

「みなさん。今晩《こんばん》の幻灯《げんとう》はこれでおしまいです。今夜《こんや》みなさんは深く心に留《と》めなければならないことがあります。それは狐《きつね》のこしらえたものを賢《かしこ》いすこしも酔《よ》わない人間のお子さんが食べてくだすったということです。そこでみなさんはこれからも、大人《おとな》になってもうそをつかず人をそねまず私《わたくし》ども狐の今までの悪い評判をすっかり無《な》くしてしまうだろうと思います。閉会の辞《じ》です。」狐の生徒はみんな感動して両手をあげたりワーッと立ちあがりました。そしてキラキラ涙をこぼしたのです。

紺三郎が二人の前に来て、ていねいにおじぎをしていいました。

「それでは。さようなら。今夜のご恩は決して忘れません。」二人もおじぎをしてうちの方へ帰りました。狐の生徒たちが追いかけて来て二人のふところやかくしにどんぐりだの栗《くり》だの青びかりの石だのを入れて、

「そら、あげますよ。」「そら、取ってください。」なんていって風のように逃げ帰って行きます。

紺三郎は笑って見ていました。

二人は森を出て野原を行きました。

その青白い雪の野原のまん中で三人の黒い影《かげ》が向こうから来るのを見ました。それは迎《むか》いに来た兄《にい》さん達でした。

雨《あめ》ニモマケズ

雨ニモマケズ
風ニモマケズ
雪ニモ夏ノ暑サニモマケヌ
丈夫《じょうぶ》ナカラダヲモチ
欲《よく》ハナク
決シテ瞋《いか》ラズ*
イツモシヅカニワラッテヰル
一日ニ玄米四合《げんまいよんごう》ト
味噌《みそ》ト少シノ野菜ヲタベ
アラユルコトヲ
ジブンヲカンジョウニ入レズニ
ヨクミキキシワカリ
ソシテワスレズ
野原ノ松《まつ》ノ林ノ蔭《かげ》ノ
小サナ萓《かや》ブキノ小屋ニヰテ

東ニ病気ノコドモアレバ
行ッテ看病《かんびょう》シテヤリ
西ニツカレタ母アレバ
行ッテソノ稲《いね》ノ束《たば》ヲ負《お》ヒ
南ニ死ニサウナ人アレバ
行ッテコハガラナクテモイイトイヒ
北ニケンクヮヤソショウガアレバ
ツマラナイカラヤメロトイヒ
ヒデリノトキハナミダヲナガシ
サムサノナツハオロオロアルキ
ミンナニデクノボートヨバレ
ホメラレモセズ
クニモサレズ
サウイフモノニ
ワタシハナリタイ

【語註】

銀河鉄道の夜

＊1**烏瓜**　ウリ科の多年生つる草。夏に白いレース状の花が咲き、秋に赤い実をつるから下げる。実の中身をくりぬきロウソクを立てて明かりとする。
＊2**活版処**　活字を組んで印刷する所。「輪転器」は印刷をする円筒状の機械。
＊3**ラムプシェード**　ランプのかさの形をした帽子、ランプシェード。傍線は原文のもの。
＊4**ケール**　キャベツの一種。
＊5**ひば**　あすなろの別称。ヒノキ科の常緑高木。
＊6**星座早見**　星座がいつどこに見えるかひと目でわかるようにした平皿状の器具。
＊7**ケンタウルス**　ギリシャ神話に出てくる上半身が人、下半身が馬の怪物で、ケンタウルス座はその星座。
＊8**金剛石**　石の中で最も堅いもの。ダイヤモンド。
＊9**軽便鉄道**　一般の鉄道より小規模で、レールの幅が狭く、機関車・車両も小型の鉄道。
＊10**ワニス**　樹脂を溶かした塗料。家具のつや出しなどにも使われる。ニス。
＊11**黒曜石**　火山岩の一種。黒色でガラスのような光沢がある。
＊12**月長石**　鉱物の一種。月のような乳白色・半透明で、見る角度により青い光を放つ。ムーンストーン。
＊13**北十字**　白鳥座の別名。九月下旬、天頂近くに十字形に見える。ノーザンクロス。
＊14**ハルレヤ**　ハレルヤ。ヘブライ語で「神をほめたたえよ」の意。讃美歌によく用いられる。
＊15**バイブル**　キリスト教の聖書。
＊16**あかし**　明かり。つやつやとともしびのように光ってみえるさま。
＊17**転てつ機**　鉄道の分岐点で、車両を他の線路に導く装置。ポイント。

＊18**赤帽**　駅で乗降客の荷物を運ぶ職業の人。赤い帽子をかぶっている。
＊19**車輪の輻**　車輪の中央軸から外側の輪へ放射状に出ているたくさんの細長い棒。スポーク。
＊20**鋼玉**　酸化アルミニウムから成る鉱物。コランダム。青いものはサファイア、赤いものはルビーとされる。
＊21**プリオシン**　プリオシンは地質年代の第三紀のことで、約六千五百万年前から百六十四万年前までの期間。哺乳動物、鳥類、貝・硬骨魚が発展。現在の日本列島もこのころ形作られた。
＊22**第三紀のあと**　地質年代第三紀（＊21）の後の第四紀にあたり、約百六十四万年前から現在まで。人類発展の時代。
＊23**故障が来ました**　苦情を言い立ててくること。
＊24**奇体**　奇妙、不思議。
＊25**アルビレオ**　白鳥座のβ星《ベータせい》（二番目に明るい星）。
＊26**かくし**　ポケット。
＊27**ランカシャイヤだ。いや、コンネクテカット州だ**　「ランカシャイヤ」はイギリスのランカシャー州、「コンネクテカット」はアメリカのコネチカット州。
＊28**にわとこ**　スイカズラ科の落葉低木。白色の小花が円錐状に咲き、実は赤く、庭木によく使われる。
＊29**パシフィック**　太平洋。
＊30**狼煙**　昼間うちあげる花火。また、合図のためにあげる煙。
＊31**オーケストラベル**　打楽器の一種。金属の管を枠に高音順につり下げ、ハンマーで打って音を出す。チューブラーベルズ。
＊32**ジロフォン**　打楽器の一種。木琴のこと。シロホン。
＊33**新世界交響楽**　チェコの作曲家ドボルザーク（一八四一～一九〇四）のつくった交響曲第九番「新世界より」。
＊34**二尺**　約六十センチメートル。「二千尺から六千尺」は、約六百メートルから千八百メートル。

＊35碍子　電信柱に電気を伝えないように、電線と電柱の間に取り付ける装置。磁器の絶縁体と鋳鉄の金具から成る。

＊36発破　爆薬を仕掛けて爆発させること。

＊37蝎の火　さそり座のα星《アルファせい》（一番明るい星）アンタレスをさす。

＊38石炭袋　天の川のところどころに星も何もないように見える暗黒星雲。コールサック。白鳥座にもある。

雪渡り

＊1けだし　まさしく、ほんとうに。

＊2幻灯　絵や写真などに強い光をあて、凸レンズで拡大して見せるもの。スライド。

＊3封蠟細工　瓶口の隙間を密閉したり、封筒の封じ目などに使うロウで作ったもの。

＊4ほおの木　モクレン科の落葉高木。若芽は赤い葉をかぶっている。

＊5寒水石　石灰岩の一種。白色や濃緑色、しま模様などのものがあり、建築床材にも使われる。

＊6きしょう　記章、徽章。バッジ。

雨ニモマケズ

＊瞋ラズ　「瞋る」は、目をいっぱいにむき出して怒ること。

略年譜

一八九六年(明治29) 八月二十七日、岩手県稗貫郡花巻町に、質・古着商を営む父宮沢政次郎、母イチの長男として生まれる。

一八九八(明治31) 二歳 十一月五日、妹トシ出生。のちの賢治に大きな影響を与える存在となる(兄弟は他に次妹シゲ、弟清六、末妹クニ)。

一九〇三(明治36) 七歳 四月、花巻川口尋常高等小学校(翌々年に花城尋常高等小学校と改称)に入学。

一九〇九(明治42) 十三歳 三月、花城尋常高等小学校卒業。四月、岩手県立盛岡中学校入学し、寄宿舎へ。

一九一一(明治44) 十五歳 このころから短歌を創作。

一九一四(大正3) 十八歳 三月、盛岡中学校を卒業。進学は親の意向で断念。四月、肥厚性鼻炎の手術後、発疹チフスの疑いで二カ月間入院。この間、同年の看護師に初恋、失恋。退院後、嫌悪する家業を継ぐことに鬱々とした日々を送る。九月、見かねた父が進学を許可。この秋、島地大等編『漢和対照 妙法蓮華経』を読み、異常なほどの感銘を受ける。

一九一五(大正4) 十九歳 四月、盛岡高等農林学校農学科第二部に首席入学。同月、妹トシ、東京目白の日本女子大学に入学。

一九一七(大正6) 二十一歳 七月、小菅健吉、保阪嘉内らと同人誌「アザリア」を創刊。

一九一八(大正7) 二十二歳 盛岡高等農林学校卒業後、同校研究生となり、地質土壌肥料研究に従事。六月、肋膜炎を患い一カ月の静養。このころより童話創作が始まったと思われる。「蜘蛛となめくぢと狸」「双子の星」など。十二月、妹トシ入院の知らせを受け、上京。

一九一九(大正8) 二十三歳 三月、退院したトシと花巻へ帰郷。家業を手伝う「暗い生活」が始まる。

一九二〇(大正9) 二十四歳 五月、盛岡高農研究生を修了。助教授推薦の話を辞退。十月、日蓮主義を唱導する国柱会に入会。修行と布教に邁進し、浄土真宗信者である父にも改宗を迫る。

一九二一（大正10）**二十五歳**　一月、家人に無断で上京、国柱会本部を訪問。本郷菊坂町に下宿し、筆耕・校正の仕事をしながら国柱会の奉仕活動に励む。その間、熱心に童話を創作。八月、トシ病気の報に、トランクいっぱいの童話を持って帰郷。十二月、稗貫農学校（翌々年に花巻農学校と改称）の教諭に就任。「愛国婦人」十二月号および翌年一月号に童話「雪渡り」掲載。原稿料五円（生前得た唯一の原稿料）。

一九二二（大正11）**二十六歳**　この年、「心象スケッチ」と名づけられた詩篇の制作開始。『春と修羅』所収作の多くが作られる。十一月、トシ死亡。深い悲しみから「永訣の朝」などの詩群が生まれる。

一九二四（大正13）**二十八歳**　四月、詩集『春と修羅』を、十二月、童話集『注文の多い料理店』を自費出版するもどちらもまったく売れず。このころ「銀河鉄道の夜」の初稿成る。

一九二五（大正14）**二十九歳**　二月に森佐一、七月に草野心平との交流が始まり、七月に森編集の詩誌「貌」、九月に草野編集の詩誌「銅鑼」の同人となる。

一九二六（大正15・昭和元）**三十歳**　三月末、花巻農学校を依願退職。四月より花巻町下根子の別宅で独居自炊の生活を始める。六月、「農民芸術概論綱要」を執筆。八月、農業実践と文化活動を兼ねた一種の「新しき村」の実行を目指し「羅須地人協会」を設立。近在の農村をまわり、稲作の指導も行った。十二月、上京。約一カ月の滞在中、オルガンやセロ、エスペラント語を習い、高村光太郎を訪問。

一九三一（昭和6）**三十五歳**　二月、東北砕石工場技師となり、石灰の宣伝販売に従事。九月、東京出張の折、発熱して宿に病臥。帰郷後、病床生活に入る。十一月、手帳に「雨ニモマケズ」を書く。

一九三三（昭和8）**三十七歳**　九月二十一日、前夜遅くまで農民の肥料相談に応じていたが、容態が急変し喀血。法華経一千部を知己に配るよう遺言し、永眠。享年三十七歳。

はじめて賢治さんのおはなしを読む人へ

長野まゆみ

もし、あなたが高校生ならば、この「すきとほったほんたうのたべもの」にたどりつくまで、なぜそんなに遠まわりしてしまったのか、少しばかり残念な気がする。あなたはほかのたべものに馴《な》れすぎていて、「ほんたう」のうまさを味わうのには、いくぶん時間がかかるかもしれない。

あなたが中学生ならば、はやく気づいてよかったね、と祝したい。このたべものは、まいにち口にしても飽きないうえに、賞味期限も消費期限もない。つまりは、味わいつくすことなどできないものである。

感想をきかれても、まあひとつ、たべてごらんなさい、としか云《い》いようがない。まっとうなたべものとは、そういうものだ。

「小麦粉とわづかの食塩とからつくられた／イーハトーヴ県のこの白く素朴《そぼく》なパンケーキ

のうまいことよ」と賢治さんが記している。バターもメイプルシロップもない。かわりに林のバルサムの匂《にお》いと晨光《しんこう》（朝日の光）の蜜《みつ》をくわえる。

そうしたものを味わうには、葉っぱの雨つゆを、おいしそうだと思える人がよい。だから、あなたが小学生だったら、このたべものを、ほんとうによく見つけましたね、と称《たた》えたい。

「雨ニモ負ケズ」は、賢治さんの作品として世の中にひろく知れわたっている。それも実際の内容ではなく、イメージや断片だけが、あちこちにちらばっている。

これは、おとなでも口にするのをためらうほどのなかなか手強《てごわ》いたべものなのに、なぜか、みなさんが接する最初の賢治作品であることが多い。

ミンナニデクノボートヨバレ
ホメラレモセズ
クニモサレズ
サウイフモノニ
ワタシハナリタイ

ふつうの子どもは、そういう者になりたくはない。ほめられたいし、苦にされたくない。賢治さんだって、これを子どもが読むとは考えもしなかった。自分の心のもやもやを書きとめておく手帖《てちょう》に記したものなのだ。

とはいえ、賢治さんは生まれついての詩人だから、それも天賦《てんぷ》にめぐまれた人だから、書いたものは、そのときからコトノハとなって芽を吹き、育ってゆく。土のうえでも、石のうえでも、紙のうえでも。

賢治さんのいう「すきとほったほんたうのたべもの」をいまふうに書くと、「すきとおったほんとうのたべもの」になる。

(口にだしてみると、昔の日本語の表記のほうが発音にちかいことがわかる)

賢治さんは「林や野はらや鉄道線路やらで、虹《にじ》や月あかりからもらってきた」おはなしを書き、それを子どもたちに読んでもらいたいと思っていた。

わたしは小学生のときに教科書で「やまなし」を読んで、青い幻灯のとりこになった。小さな谷川の底でくらす蟹《かに》の兄弟が目にした光景が描かれている。月光に照らされた川のなかや、魚や、ながれてきたやまなしが映しだされる。

もっと賢治さんのおはなしを読みたいと思い、家にあった「昭和文学全集」のなかの宮沢賢治の巻を手にとった。童話のはずなのに、ずいぶんたくさん漢字があり、ことばづかいも昔ふうで、これを読むのはたいへんそうだ、とあきらめかけた。だが、「銀河鐵道の夜」という題にひかれて、なんとか読もうとした。

実は「鐵道」という漢字がすでに読めなかった。みなさんも経験があるだろうけれど、読めない漢字は、辞書をひいて調べるのにも苦労する。子どものうちは画数も数えまちがえる。「かねへん」のところを画数の多いほうからさがしてゆくが、なかなかみつからない。

そのはずで、「鐵」は「鉄」のところに旧漢字として載っていた。だから、画数の少ないほうを見るべきだったのだ。読めないところは読み飛ばして進む。都合のわるいものは見なかったことにする。そうすれば、なにもこわくないし、気おくれもない。

カムパネルラという少年の名前を読んだとたんに、これはどこか外国のはなしのようだけれど、とても好きだ、と感じた。読めない漢字も気にならなかった。それよりも、たくさんちらばっている色とりどりのことばでつづられる情景に夢中だった。

「ジョバンニが勢いよく帰ってきたのは、ある裏町の小さな家でした。その三つならんだ入口の一番左側には空箱に紫いろのケールやアスパラガスが植えてあって小さな二つの窓には日覆《ひおお》いが下りたままになっていました。」

通りにひびく足音とは対照的に、ひっそりと静かな家が見えてくる。ジョバンニがひらくであろう扉の、きしる音まで聞こえそうだ。

ここで、誤解してならないのは、書いてあるから見えるのではない。賢治さんが、よぶんなことをなにも書いていないから見えるのだ。

平屋なのか二階だてなのか、木造なのか石造りの家なのかはわからない。三つならんだ入口が何色かも知れない。入口とあるのが、門なのか玄関なのかも不明だ。でも、みなさんにはこの家のようすが、ジョバンニとおなじように、はっきり見えたと思う。

賢治さんの書くことばには、わたしたちが意識のなかに眠らせていた情景を呼びさましてくれる力がある。意識というのは少しケチなところがあって、こちらから、出してほしいと頼まないと、いろいろなものをしまいこんだまま、すましているのだ。ほうっておけば、どんどん捨ててしまう。

ひとりひとりが思い描くジョバンニの家を実際に絵に描いてみたら、おどろくほどちがっているだろう。

カムパネルラの家にある「アルコールラムプで走る汽車」や、「青いマグネシヤの花火」を燃して走ってゆく子どもたち、街の時計屋の「宝石が海のような色をした厚い硝子《ガラス》の盤《ばん》に載って星のようにゆっくり循《めぐ》ったり」「そのまん中に円《まる》い黒い星座早見《はやみ》が青いアスパラガスの葉で飾ってありました」といったようすは、やがてジョバンニがカムパネルラとともに乗りこんだ銀河鉄道の窓の外に見えてくる。

賢治さんが生きていた八十年ほどもまえの時代には、少しの人たちしか、このたべものを知ることはなかった。賢治さんがつくった本は、ほんのわずかな数だったからだ。いまはたくさんあるけれど、この本はあなたのためのたったひとつの「すきとほったほんたうのたべもの」となるだろう。

どうか心して、味わってもらいたい。

（ながの・まゆみ／作家）

＊本文庫は、『新校本宮澤賢治全集』（筑摩書房）第六巻（一九九六年）、第十一巻（一九九六年）、第十二巻（一九九五年）を底本としました。文庫版の読みやすさを考慮し、幅広い読者を対象として、散文は新漢字・新かな遣いとし、難しい副詞、接続詞等はひらがなに、一般的な送りがなにあらため、他版も参照しつつルビを振りました。読者にとって難解と思われる語句には巻末に編集部による語註をつけ、略年譜を付しました。なお、本文中の一部の記述については、他の版も参考にしました。また、作品中には今日の人権意識からみて不適切と思われる表現が含まれていますが、作品が書かれた時代背景、および著者（故人）が差別助長の意味で使用していないこと、また、文学上の業績をそのまま伝えることが重要との観点から、全て底本の表記のままとしました。

Haruki Bunko
ハルキ文庫

み 1-3

銀河鉄道《ぎんがてつどう》の夜《よる》

著者 宮沢賢治《みやざわけんじ》

2011年 4 月15日第 一 刷発行
2018年 8 月18日第十五刷発行

発行者 角川春樹

発行所 株式会社角川春樹事務所
〒102-0074 東京都千代田区九段南2-1-30 イタリア文化会館

電話 03(3263)5247(編集)
03(3263)5881(営業)

印刷・製本 図書印刷株式会社

フォーマット・デザイン 芦澤泰偉
表紙イラストレーション 門坂 流

ISBN978-4-7584-3548-2 C0193 ©2011 Printed in Japan
http://www.kadokawaharuki.co.jp/[営業]
fanmail@kadokawaharuki.co.jp[編集]　ご意見・ご感想をお寄せください。

ハルキ文庫童話シリーズ

斎藤隆介童話集

磔の刑が目前にもかかわらず、妹を笑わせるためにベロッと舌を出す兄の思いやりを描いた「ベロ出しチョンマ」、ひとりでは小便にも行けない臆病者の豆太が、じさまのために勇気をふるう「モチモチの木」などの代表作をはじめ、子どもから大人まで愉しめる全二十五篇を収録。真っ直ぐに生きる力が湧いてくる、名作アンソロジー。

（解説・藤田のぼる／エッセイ・松谷みよ子）

新美南吉童話集

いたずら好きの小ぎつね〝ごん〟と兵十の心の交流を描いた「ごん狐」、ある日、背中の殻のなかに悲しみがいっぱいに詰まっていることに気づいてしまった「でんでんむしの　かなしみ」など、子どもから大人まで愉しめる全二十篇を収録した、胸がいっぱいになる名作アンソロジー。

（解説・谷　悦子／エッセイ・谷川俊太郎）